franz kafka // un artista del hambre y otros relatos

09

franz kafka // un artista del hambre y otros relatos

EL PAIS

RELATOS BREVES

Título original: *Ein Hungerkünstler*

Miguel Yuste, 40
28037 Madrid

ISBN: 978-84-9815-693-5
Depósito legal: M-15.359-2007
Impreso en la CE

Diseño de portada: EMO

Un artista del hambre
Cuatro historias
(1924)

Primer sufrimiento

Un trapecista —como es sabido, este arte que se practica en las alturas, bajo las cúpulas de los grandes teatros de variedades, es uno de los más difíciles entre todos los accesibles al ser humano—, primero por un simple afán de perfeccionamiento, luego por una costumbre que acabó siendo tiránica, había organizado su vida de manera tal que, mientras trabajaba en la misma empresa, permanecía día y noche en el trapecio. Todas sus necesidades, por lo demás modestísimas, eran atendidas por criados que se turnaban la vigilancia desde abajo, y que en recipientes expresamente fabricados hacían subir y bajar todo cuanto se necesitaba arriba. Este tipo de vida no entrañaba dificultades especiales para la gente de su entorno; sólo resultaba un poco molesto el hecho —imposible de disimular— de que durante los otros números del programa él permaneciese en lo alto; y aunque en esos momentos se quedaba por lo general inmóvil, siempre había alguna mirada que se extraviaba de vez en cuando desde el público hasta dar con él. Los directores, sin embargo, se lo perdonaban porque era un artista extraordinario e insustituible. Se daban cuenta, además, de que, claro está, no vivía así por capricho y de que, en efecto, sólo de ese modo podía entrenar continuamente y preservar la perfección de su arte.

Pero la vida allá arriba era por otro lado saludable, y cuando en la estación cálida se abrían las ventanas laterales en toda la redondez de la cúpula y junto con el aire fresco penetraba, poderoso, el sol en la penumbra del lugar, aquello era incluso hermoso. Cierto es que sus contactos humanos eran limitados, sólo de vez en cuando trepaba hasta él algún compañero acróbata por la escalera de cuerda y, sentándose ambos en el trapecio, apoyados a derecha e izquierda en las cuerdas de sustentación, charlaban; o bien venían albañiles a reparar el techo e intercambiaban unas cuantas palabras con él por alguna ventana abierta; o bien un bombero inspeccionaba la iluminación de emergencia en la galería superior y le gritaba unas palabras respetuosas, aunque poco inteligibles. El resto del tiempo lo rodeaba el silencio; a veces, algún empleado que se perdía por la tarde en el teatro vacío alzaba, pensativo, la mirada hacia esas alturas que casi se sustraían a la vista, donde el trapecista, sin saber que alguien lo estaba observando, practicaba su arte o descansaba.

Así habría podido vivir tranquilamente el trapecista de no haber sido por los inevitables viajes de un lugar a otro, que le resultaban en extremo molestos. Cierto es que el empresario cuidaba de que al artista se le ahorrase cualquier prolongación innecesaria de sus sufrimientos: para desplazarse en las ciudades utilizaban automóviles de carreras con los cuales, a ser posible de noche o en las primeras horas de la madrugada, se lanzaban por las calles desiertas a la máxima velocidad, aunque siempre con excesiva lentitud para el trapecista; en el tren reservaban un compartimiento entero donde el artista se pasaba el viaje arriba, en la rejilla para el equipaje, un sucedáneo lamentable, sin duda, pero en cierto modo equivalente a su forma de vida habitual; en el teatro que iba a ser escenario de la próxima representación instalaban el trapecio en su lugar ya mucho antes de la llegada del trapecista, también se dejaban abiertas de par en par todas las puertas que daban a la sala y libres todos los pasillos. Pero los momentos más hermosos en la vida del empresario eran siempre aquellos en los que el artista ponía el pie en la escalera de cuerda y al instante estaba otra vez colgado arriba, por fin, en su trapecio.

Por mucho éxito que el empresario hubiera cosechado en tantos de esos viajes, cada nuevo desplazamiento le resultaba penoso, pues, al margen de todo lo demás, los viajes tenían efectos destructivos en los nervios del trapecista.

Y así, un día en que viajaban nuevamente juntos —el artista soñando en la rejilla para el equipaje, el empresario frente a él, apoyado en una esquina de la ventanilla, leyendo un libro—, el trapecista se dirigió a él en voz baja. El empresario se puso enseguida a su servicio. El trapecista dijo, mordiéndose los labios, que para sus prácticas necesitaría tener siempre, a partir de entonces, dos trapecios en vez de uno, dos trapecios frente a frente. El empresario se declaró de acuerdo en el acto. Pero el trapecista, como queriendo hacer ver que la aprobación del empresario tenía en este caso tan poca importancia como la que hubiera tenido su desacuerdo, dijo que nunca más y bajo ningún concepto trabajaría con un solo trapecio. Pareció estremecerse ante la idea de que aquello pudiera ocurrir alguna vez. El empresario corroboró de nuevo, titubeante y observándolo, su total acuerdo: dos trapecios eran mejor que uno, dijo, y esa nueva disposición presentaba además la ventaja de diversificar el espectáculo. Pero el trapecista rompió de pronto a llorar. Profundamente asustado, el empresario se incorporó de un salto y le preguntó qué pasaba, y al no obtener respuesta, se subió al asiento, acarició al artista y pegó su cara contra la suya, que quedó bañada por las lágrimas del otro. Sin embargo, sólo después de muchas preguntas y palabras cariñosas dijo el trapecista entre sollozos: «Con una sola barra en las manos... ¿cómo podría yo vivir?». Y al empresario le resultó entonces más fácil consolarlo; prometió telegrafiar ya desde la próxima estación al lugar de la siguiente representación por lo del segundo trapecio; se reprochó haber hecho trabajar al trapecista tanto tiempo en un solo trapecio, agradeciéndole y alabándole el haberle hecho ver al fin aquel error. Así logró el empresario tranquilizar poco a poco al trapecista y pudo regresar a su rincón. Él mismo, sin embargo, no estaba tranquilo; con gran preocupación observaba a hurtadillas al artista por encima del libro. Si pensamientos como éstos empezaban ahora a torturarlo, ¿podrían alguna vez cesar del todo? ¿No acabarían amenazando su existencia? Y el empresario creyó ver en verdad cómo ahora, en el sueño aparentemente plácido en que había concluido el llanto, empezaban a dibujarse las primeras arrugas en la frente lisa e infantil del trapecista.

Una mujercita

Es una mujer pequeña; aunque bastante delgada por naturaleza, lleva un corsé ajustadísimo; siempre la veo con el mismo vestido, de una tela gris amarillenta, como de color madera, adornado con unas cuantas borlas o colgantes en forma de botón, del mismo color; va siempre sin sombrero, con sus cabellos de un rubio opaco alisados y nada desordenados, aunque sí muy sueltos. Pese a ir encorsetada, se mueve con gran agilidad e incluso exagera la soltura de sus movimientos, le gusta apoyar las manos en las caderas y girar a un lado el torso con un ademán sorprendentemente rápido. Sólo puedo describir la impresión que su mano me produce diciendo que aún no he visto otra mano cuyos dedos estén tan nítidamente deslindados unos de otros como los de la suya; no obstante, no presenta ninguna peculiaridad anatómica, es una mano perfectamente normal.

Esta mujercita está muy descontenta conmigo, siempre tiene algo que reprocharme, siempre soy injusto con ella, la irrito a cada paso; si se pudiera dividir la vida en trozos minúsculos y juzgar cada trocito por separado, seguro que cada trocito de mi vida sería un motivo de disgusto para ella. Muchas veces me he preguntado por qué la irrito tanto; puede ser que todo en mí contradiga su gusto por la belleza, su sentido de la justicia, sus hábitos, sus tradiciones, sus esperanzas; hay naturalezas que pueden ser incompatibles hasta este extremo, pero ¿por qué eso la hace sufrir tanto? No hay entre nosotros ningún tipo de relación que la obligue a sufrir por mi causa. Bastaría con que se decidiera a verme como alguien totalmente extraño, pues de hecho lo soy y tampoco me opondría a una decisión semejante, sino que la aprobaría muy gustoso; bastaría con que se decidiera a olvidar mi existencia, que yo no le he impuesto ni le impondría nunca, y todo el sufrimiento se le acabaría. Al decir esto prescindo por completo de mí mismo y del hecho de que su conducta también me resulta, claro está, penosa, y prescindo porque me doy perfecta cuenta de que esta desazón mía no es nada en comparación con su sufrimiento. De todas formas, soy muy consciente de que no es una pena amorosa; no le importa en absoluto mejorarme de verdad, sobre todo porque nada de lo que me reprocha es de naturaleza tal que pueda impedirme progresar. Pero tampoco le preocupa que progrese, lo único que le preocupa es su interés personal, es decir, vengarse de la tortura que le causo e impedir la que podría infligirle en el futuro. Ya intenté una vez hacerle ver cuál era el mejor modo de poner fin a esa irritación continua, pero le produje una conmoción tan grande que jamás repetiré el intento.

Yo también tengo, si se quiere, mi parte de responsabilidad en este asunto, pues por muy ajena que me resulte la mujercita, y aunque la única relación existente entre nosotros sea la irritación que le produzco, o, mejor dicho, la que ella deja que le produzca, no debería serme indiferente ver cómo esa irritación la hace sufrir también físicamente. De vez en cuando, y con mayor frecuencia en los últimos tiempos, me llegan noticias de que suele despertarse pálida, insomne, torturada por dolores de cabeza y casi incapaz de trabajar; esto preocupa mucho a sus familiares, que intentan adivinar las causas de su estado y hasta ahora siguen sin encontrarlas. Sólo yo las conozco: es la antigua y siempre renovada irritación. Cierto es que no comparto las preocupaciones de sus familiares; ella es fuerte y tenaz; y quien es capaz de irritarse hasta ese punto, probablemente también pueda superar las consecuencias de su irritación; tengo incluso la sospecha de que finge —al menos en parte— estar indispuesta sólo para dirigir sobre mí las sospechas de la gente. Es demasiado orgullosa para confesar abiertamente hasta qué punto la torturo con mi existencia; apelar a otros por mi causa es algo que ella sentiría como una degradación de sí misma; sólo por aversión se ocupa de mi persona, por una aversión que nunca cesa y la espolea continuamente; comentar en público este asunto impuro sería demasiado para su pudor. Pero no sería menos excesivo pasar totalmente en silencio un asunto que no deja de oprimirla un solo instante. Y así, con su astucia femenina, intenta una vía intermedia; en silencio, sólo mediante los signos exteriores de un sufrimiento secreto quiere llevar el caso ante el tribunal de la opinión pública. Quizá espere incluso que, cuando la opinión pública haya centrado en mi persona todas sus miradas, surja una irritación pública generalizada contra mí que, gracias a sus grandes poderes, me condene definitivamente y con mayor energía y rapidez de lo que podría hacerlo su irritación personal, relativamente débil; a continuación ella respiraría aliviada y me volvería la espalda. Pues bien, si éstas son de verdad sus esperanzas, se equivoca. La opinión pública no asumirá su papel; la opinión pública jamás encontrará tantas cosas que reprocharme, aunque me mire con la más potente de sus lupas. No soy una persona tan inútil como ella cree; no quiero vanagloriarme, y menos aún en estas circunstancias; pero aunque no logre destacar por ninguna aptitud particular, tampoco llamaría la atención por lo contrario; sólo para ella, para sus ojos de una blancura casi incandescente soy así, y no logrará convencer a nadie más. ¿Podría, pues, sentirme totalmente tranquilo a este respecto? No, claro que no; pues cuando de verdad se sepa que la pongo enferma con mi comportamiento —y algunos observadores atentos, precisamente los que difunden las noticias con mayor celo, están ya a punto de notarlo, o al menos aparentan haberlo notado—, y la gente venga y me pregunte por qué atormento a la pobre mujercita con mi carácter incorregible, si acaso pretendo llevarla a la tumba, y cuándo tendré por fin el buen tino y la simple compasión humana para acabar con todo eso; cuando la gente me haga estas preguntas, será difícil responderles. ¿Tendré que admitir acaso que no creo mucho en los síntomas de esa enfermedad y dar así la penosa impresión de que, para liberarme de mi culpa, inculpo a otros y lo hago de forma tan indelicada? ¿Y podría acaso decir con toda franqueza que, aunque creyera en la existencia de una enfermedad real, no sentiría la menor compasión, pues la mujer me resulta completamente extraña y la relación que hay entre nosotros es una simple invención suya y sólo existe por su parte? No digo que no me creyeran; más bien ni me creerían ni dejarían de creerme; ni siquiera llegarían a hablar del asunto; simplemente tomarían nota de la respuesta que he dado a propósito de una mujer débil y enferma, y eso no me favorecería mucho. Con esta respuesta, igual que con cualquier otra, me vería abocado a chocar contra la incapacidad de la gente para impedir que surja, en un caso como éste, la sospecha de una relación amorosa, pese a la total y absoluta evidencia de que tal relación no existe y de que, si existiera, partiría más bien de mí, que de hecho sería capaz de admirar a esa mujercita por la contundencia de su juicio y la inexorabilidad de sus conclusiones si, precisamente, yo no me viera todo el tiempo castigado por estas cualidades suyas. En ella no existe, sin embargo, la menor traza de una disposición amistosa hacia mí; en esto es sincera y veraz; y en ello reposa mi última esperanza; pues aunque hacer creer en una relación semejante pudiera convenir a sus planes de guerra, jamás se olvidaría de sí misma hasta el punto de hacer algo parecido. Pese a lo cual, la opinión pública, totalmente obtusa en este aspecto, seguirá manteniéndose en sus trece y decidirá siempre en contra de mí.

En realidad sólo me restaría, pues, cambiar a tiempo, antes de que la gente intervenga, no ya para acabar con la irritación de la mujercita, lo cual es impensable, pero sí para atenuarla un poco. Y, de hecho, me he preguntado muchas veces si mi estado actual me satisface al punto de no querer modificarlo en absoluto, y si no sería posible efectuar ciertos cambios en mi persona, aunque no lo haga por estar convencido de su necesidad, sino sólo para apaciguar a la mujer. Lo he intentado honestamente, no sin fatigas ni cuidados, incluso me apetecía, casi me divertía; se produjeron algunos cambios aislados y perfectamente visibles, no tuve que hacérselos notar a la mujer, ella nota todas esas cosas antes que yo, nota ya la expresión de la intención en mi comportamiento; mas no me fue concedido éxito alguno. ¿Cómo hubiera sido posible, por otro lado? Su descontento hacia mi persona es, como me doy cuenta ahora, una cuestión de principio; nada puede suprimirlo, ni siquiera mi propia supresión; sus accesos de rabia ante la noticia de mi eventual suicidio, por ejemplo, serían ilimitados. Lo que no logro imaginarme es que ella, esa mujer tan perspicaz, no se dé cuenta tan bien como yo de todo esto, tanto de la inutilidad de sus esfuerzos como de mi inocencia, de mi incapacidad para responder, ni siquiera con la mejor de las voluntades, a sus exigencias. Seguro que se da cuenta, pero como toda buena naturaleza combativa lo olvida en el apasionamiento del combate, y mi desdichada manera de ser —no puedo elegir otra porque me fue dada así— me induce siempre a querer susurrar una suave amonestación a quien se haya salido de sus casillas. Así nunca llegaremos a entendernos, desde luego. Y todo el tiempo seguiré viendo, al salir de casa con la alegría de las primeras horas de la mañana, esa cara amargada por mi culpa, ese mohín de disgusto en los labios, esa mirada escrutadora que conoce ya el resultado antes del escrutinio, que me recorre entero y a la cual, por muy fugaz que sea, nada logra escapar, esa sonrisa de amargura engastada en las mejillas juveniles de muchacha, esa mirada lastimera dirigida hacia el cielo, esas manos plantadas en las caderas para afianzarse, y luego la palidez y los temblores de la indignación.

Hace poco —y por primera vez, como me confesé asombrado a mí mismo en esa ocasión—, hice unas cuantas alusiones a este asunto a un buen amigo, muy de pasada, en tono ligero, unas pocas palabras, rebajando la importancia del conjunto —pese a lo escasa que ésta es para mí de puertas afuera— incluso un poco por debajo de la verdad. Cosa extraña: mi amigo no hizo oídos de mercader, sino que incluso añadió importancia al asunto, no cambió de tema e insistió en discutirlo. Más extraño todavía fue que, pese a ello, subestimara el asunto en un punto decisivo, pues me aconsejó seriamente hacer un pequeño viaje. Imposible imaginar consejo más absurdo; cierto es que la situación no es complicada, cualquiera puede comprenderla si la observa de cerca, pero tampoco es tan simple como para que mi partida pueda arreglar todo o, al menos, lo más importante. Al contrario, más bien debo guardarme de irme lejos; y si algún plan he de seguir, que sea en todo caso el de mantener el asunto dentro de sus estrechos límites actuales, que aún no incluyen al mundo exterior, es decir, quedarme tranquilamente donde estoy y no permitir ningún cambio grande o llamativo derivado de este asunto, lo cual supone no hablar con nadie acerca de él, y no porque se trate de un secreto peligroso, sino porque es un asuntillo meramente personal y, como tal, fácil de sobrellevar, y porque, además, debe seguir siéndolo. En este sentido no fueron del todo inútiles los comentarios de mi amigo, no me aportaron nada nuevo pero me reafirmaron en mi postura inicial.

Como lo demuestra, en general, una reflexión más rigurosa, los cambios que esta situación parece haber sufrido con el paso del tiempo no son modificaciones del asunto en sí mismo, sino sólo la evolución de la idea que yo me he hecho de él, en la medida en que esta idea se ha vuelto, en parte, más serena y viril, acercándose al núcleo esencial, y en parte ha generado también, bajo el influjo inevitable de los continuos sobresaltos, por leves que éstos sean, cierta ansiedad.

Me siento más tranquilo con respecto a este asunto porque creo darme cuenta de que un desenlace, por muy inminente que parezca a veces, es de momento impensable; tendemos fácilmente, sobre todo en los años mozos, a sobreestimar demasiado el ritmo en el que se producen los desenlaces; cuando alguna vez mi pequeña juez, debilitada a fuerza de verme, se derrumbaba de costado en su silla, aferrándose al respaldo con una mano y acomodándose el corsé con la otra, mientras por sus mejillas rodaban lágrimas de rabia y desesperación, yo siempre pensaba que el desenlace estaría al caer y me vería enseguida llamado a dar explicaciones. Sin embargo, ni sombra de desenlace ha habido, ni tampoco sombra de explicaciones; las mujeres se sienten fácilmente indispuestas, el mundo no tiene tiempo para ocuparse de todos los casos. ¿Y qué ha ocurrido de verdad en todos estos años? Nada, excepto que estos incidentes se han repetido con más intensidad unas veces, otras con menos, y que su número global es ahora mayor. Y que en los alrededores merodea gente a la que le gustaría intervenir si encontrase la oportunidad de hacerlo; pero no la encuentran, hasta ahora sólo han confiado en su olfato, y si bien éste basta para mantener ampliamente ocupado a su poseedor, no sirve para otras cosas. En el fondo siempre ha sido así, siempre ha habido esos gandules inútiles que suelen apostarse en las esquinas, esos movedores de aire que excusan su proximidad con alguna triquiñuela, de preferencia alegando algún parentesco, siempre espiando, guiados por su olfato; pero el resultado de todo esto es uno solo: siguen allí. La única diferencia es que gradualmente empecé a conocerlos, a distinguir sus caras; antes creía que vendrían poco a poco y de todas partes, que las proporciones del asunto aumentarían y provocarían por sí mismas el desenlace; hoy creo saber, en cambio, que todo esto ha existido desde siempre y tiene muy poco o nada que ver con que el desenlace se produzca. Y el propio desenlace, ¿por qué lo nombro así, con una palabra tan altisonante? Si alguna vez —seguro que no mañana, ni pasado mañana, y probablemente nunca— la opinión pública llegara a ocuparse de este asunto —para el cual, como no me cansaré de repetirlo, es incompetente—, no saldré tal vez indemne del proceso, pero sin duda se tendrá en cuenta que no soy un desconocido para la opinión pública, que he vivido desde siempre iluminado por ella, inspirando y mereciendo confianza, y que por eso esta mujer pequeña y enfermiza, llegada tardíamente a mi vida —y a la que alguien que no fuera yo, dicho sea de paso, quizá habría identificado hace tiempo con una lapa y habría aplastado bajo su bota, sin hacer el menor ruido—, que esta mujer sólo habría podido añadir, en el peor de los casos, una pequeña y fea rúbrica al diploma con el que la opinión pública ha reconocido en mí hace tiempo a uno de sus más respetables miembros. Éste es el estado actual de la cuestión, poco apto, pues, para inquietarme.

Que con el paso de los años me haya vuelto un poco ansioso no tiene nada que ver con el significado real del asunto; la idea de irritar todo el tiempo a alguien resulta simplemente insoportable; aunque se advierta la total falta de fundamento de la irritación uno se pone nervioso, empieza —digamos que en el plano puramente físico— a acechar posibles desenlaces, aunque racionalmente no crea mucho en su llegada. En parte se trata sólo de un síntoma de senilidad; la juventud lo viste todo de bellos ropajes; los detalles desagradables se pierden en la inagotable fuente de vitalidad de la juventud; ya puede uno tener de joven una mirada algo acechante, nadie se lo toma a mal, nadie lo advierte, ni siquiera uno mismo; pero lo que de eso queda en la vejez son restos: todos son necesarios, ninguno se renueva, todo se halla bajo observación, y la mirada acechante de un hombre mayor es con toda evidencia una mirada acechante, y no resulta difícil percibirla. Aunque tampoco en este caso se trata de un empeoramiento real y objetivo.

Se mire por donde se mire, siempre resultará evidente —e insisto en ello— que, por poco que mantenga este pequeño asunto discretamente tapado con la mano, podré seguir llevando en paz, por mucho tiempo y sin que nadie me moleste, la vida que he llevado hasta ahora, pese a todos los furores de esta mujer.

Un artista del hambre

En los últimos años ha remitido mucho el interés por los artistas del hambre. Así como antes era muy rentable organizar por cuenta propia grandes espectáculos de este tipo, hoy en día es totalmente imposible. Eran otros tiempos. Por entonces toda la ciudad se entretenía con el artista del hambre; el interés aumentaba con cada día de ayuno; todos querían ver al artista como mínimo una vez al día; al final hubo incluso abonados que se pasaban días enteros sentados frente a la pequeña jaula; también se organizaban visitas nocturnas con luz de antorchas, para aumentar el efecto; cuando hacía buen tiempo sacaban la jaula al aire libre y el artista del hambre era mostrado sobre todo a los niños; mientras que para los adultos no solía ser más que una diversión en la que participaban porque estaba de moda, los niños miraban asombrados, con la boca abierta y cogidos de la mano por precaución, cómo ese hombre pálido, envuelto en una malla negra por la cual asomaban sus prominentes costillas, desdeñando incluso una silla, permanecía sentado entre la paja dispersa por el suelo y, asintiendo cortésmente con la cabeza o esbozando una sonrisa forzada, respondía a las preguntas o sacaba el brazo por entre los barrotes para dejar palpar su delgadez; luego volvía a ensimismarse y no se preocupaba por nadie, ni siquiera por las campanadas del reloj —tan importantes para él—, que era el único mueble dentro de la jaula, sino que se quedaba mirando al vacío con los ojos casi cerrados y de vez en cuando sorbía unas gotas de agua de un vasito minúsculo para humedecerse los labios.

Además de los espectadores que se renovaban, también había guardianes fijos elegidos por el público, en general carniceros, curiosamente, que de tres en tres tenían la misión de observar día y noche al artista del hambre para que no ingiriera alimentos por alguna vía secreta. Pero esto era una simple formalidad, adoptada para tranquilizar a las masas, pues los iniciados sabían muy bien que, durante el período de ayuno, el artista del hambre jamás, en ninguna circunstancia, ni siquiera bajo coacción, hubiera comido nada, por mínimo que fuese; el honor de su arte se lo prohibía. Claro que no todos los guardianes podían comprender eso, a veces se formaban grupos nocturnos que ejercían su vigilancia con muy poco rigor, se sentaban adrede en un rincón alejado y se dedicaban a jugar a las cartas, con la intención manifiesta de consentir al artista del hambre un pequeño refrigerio que, según ellos, podía sacar de entre sus provisiones secretas. Nada atormentaba tanto al artista del hambre como esos guardianes; lo ponían melancólico; le dificultaban terriblemente el ayuno; a veces lograba superar su debilidad y, mientras las fuerzas se lo permitían, cantaba durante esa vigilia para hacer ver a aquella gente lo injustas que eran sus sospechas. Mas de poco le servía, pues entonces se admiraban de su habilidad para comer incluso cantando. Mucho más le gustaban los guardianes que se sentaban muy pegados a los barrotes y, no contentos con la turbia iluminación nocturna de la sala, lo alumbraban con unas linternas de bolsillo eléctricas que el empresario ponía a su disposición. La luz cegadora no lo molestaba en absoluto, dormir no podía, de todas formas, pero sí adormilarse un poco, con cualquier iluminación y a cualquier hora, incluso con la sala repleta de gente y ruido. Estaba muy dispuesto a pasar toda la noche en vela con esos guardianes; estaba dispuesto a bromear con ellos, a contarles historias sobre su vida errante y escuchar a su vez las que ellos quisieran contarle, todo eso para mantenerlos despiertos, para poder mostrarles una y otra vez que no tenía nada comestible en su jaula y que ayunaba como ninguno de ellos habría podido hacerlo. Pero el momento de mayor felicidad le llegaba con la mañana, cuando, por cuenta suya, les servían un copioso desayuno sobre el que ellos se abalanzaban con el apetito propio de hombres sanos que han pasado una noche de fatigosa vigilia. Había, por cierto, gente que pretendía ver en este desayuno un intento indebido de influir sobre los guardianes, pero aquello era ir demasiado lejos, y cuando se les preguntaba a esas personas si estaban dispuestas a hacerse cargo de la guardia nocturna sólo por mor del asunto, sin desayuno, escurrían el bulto, aunque seguían manteniendo sus sospechas.

Esto, de todos modos, formaba parte de los recelos ya inseparables de la práctica del ayuno. Nadie, de hecho, era capaz de pasarse todos esos días y noches vigilando sin cesar al artista del hambre, de modo que nadie podía saber por experiencia propia si el ayuno era mantenido sin fallos ni interrupciones; sólo el artista del hambre en persona podía saberlo, sólo él podía ser al mismo tiempo el espectador plenamente satisfecho de su propio ayuno.

Sin embargo, y por otro motivo, nunca estaba satisfecho; quizá no fuera el ayuno el causante de su delgadez excesiva —hasta el punto de que muchos se veían obligados, muy a su pesar, a renunciar al espectáculo porque no podían soportar su aspecto—, sino que se había adelgazado tanto sólo por insatisfacción consigo mismo. Y es que solamente él sabía —sólo él y ningún otro iniciado— lo fácil que era ayunar. Era la cosa más fácil del mundo. Tampoco lo ocultaba, pero no le creían, en el mejor de los casos lo consideraban modesto, aunque las más veces lo veían como un ser ávido de publicidad o incluso un farsante al que el ayuno le resultaba fácil porque sabía hacérselo fácil, y que encima tenía la desfachatez de confesarlo a medias. Tenía que aguantar todo eso, y hasta se había acostumbrado a ello con el correr de los años, pero por dentro lo seguía corroyendo esa insatisfacción, y nunca —esto hay que reconocérselo—, nunca había abandonado voluntariamente la jaula tras un período de ayuno. El empresario había fijado en cuarenta días el límite máximo de ayuno; pasado ese plazo nunca lo dejaba ayunar, ni siquiera en las grandes ciudades, y tenía sus razones. La experiencia enseñaba que durante unos cuarenta días se podía espolear cada vez más el interés de una ciudad incrementando gradualmente la publicidad, pero que luego el público fallaba y podía comprobarse una sensible disminución de la afluencia; por supuesto que había pequeñas diferencias a este respecto según las ciudades y los países, pero como regla se fijaba un período máximo de cuarenta días. Y al cuadragésimo día se abría la puerta de la jaula enguirnaldada de flores, un público entusiasmado llenaba el anfiteatro, una banda militar empezaba a tocar, dos médicos entraban en la jaula para proceder a las mediciones necesarias del artista del hambre, mediante un altavoz se anunciaban los resultados a la sala, y por último venían dos señoras jóvenes, felices de haber sido elegidas por sorteo para ayudar al artista a salir de la jaula, bajar unos cuantos escalones y llegar hasta una mesita donde le habían servido una comida de enfermo cuidadosamente elegida. Y en ese momento el artista del hambre se resistía siempre. Cierto es que aún ponía espontáneamente sus esqueléticos brazos en las manos que las señoras, inclinadas sobre él, le tendían dispuestas a ayudarlo, pero se negaba a levantarse. ¿Por qué parar justamente ahora, después de cuarenta días? Él hubiera podido resistir mucho más, un tiempo ilimitado; ¿por qué parar precisamente ahora, cuando estaba en el mejor momento del ayuno o, mejor dicho, ni siquiera había llegado a él? ¿Por qué querían arrebatarle la gloria de seguir ayunando, de convertirse no sólo en el artista del hambre más grande de todos los tiempos —cosa que probablemente ya era—, sino de superarse a sí mismo hasta lo inconcebible, pues no sentía límite alguno para su capacidad de ayunar? ¿Por qué esa multitud que pretendía admirarlo tanto tenía tan poca paciencia con él? ¿Por qué no quería aguantar si él aguantaba seguir ayunando? Además, él estaba cansado, se sentía a gusto sentado entre la paja, y de pronto tenía que incorporarse cuan largo era y llegarse hasta esa comida; sólo de pensar en ella le asaltaba una sensación de náuseas que reprimía con gran dificultad por consideración a las señoras. Y alzaba la mirada hacia los ojos de esas damas al parecer tan amables, pero en verdad tan crueles, y balanceaba la cabeza excesivamente pesada para el débil cuello. Pero entonces ocurría lo de siempre. El empresario se acercaba y, mudo —el fragor de la música no permitía hablar—, alzaba los brazos sobre el artista del hambre, como invitando al cielo a contemplar allí su obra, sobre la paja, a ese mártir digno de compasión que ciertamente era el artista, sólo que en un sentido muy distinto; luego cogía al artista del hambre por la delgada cintura con una precaución exagerada, como queriendo hacer creer que tenía que vérselas con algo sumamente frágil, y lo entregaba —no sin antes sacudirlo un poco a escondidas, de suerte que los brazos y el tronco del artista oscilaban sin control de un lado para otro— a las señoras, ya mortalmente pálidas a esas alturas. Y entonces el artista del hambre lo aguantaba todo; la cabeza le caía sobre el pecho como si se hubiera enrollado y quedado allí por alguna razón inexplicable; el cuerpo estaba ahuecado; las piernas, a impulsos del instinto de autoconservación, se apretaban firmemente a la altura de las rodillas, pero rascaban el suelo como si no fuese el verdadero y ellas lo estuviesen buscando; y todo el peso del cuerpo, aunque mínimo, recaía sobre una de las damas que, buscando ayuda, con el aliento entrecortado —no se había imaginado así esa función honorífica—, estiraba al máximo el cuello para preservar al menos su cara del contacto con el artista del hambre, pero luego, al no conseguirlo, y viendo que su compañera, más afortunada, no acudía en su ayuda sino que se contentaba con llevar ante ella, temblando, la mano del artista, aquel manojito de huesos, estallaba en llanto entre las carcajadas de satisfacción de la sala y tenía que ser relevada por un criado ya dispuesto hacía tiempo. Luego venía la comida, y el empresario hacía engullir unos cuantos bocados al artista del hambre durante un duermevela similar al desmayo, en medio de una divertida charla destinada a desviar la atención del público y evitar que éste pensara en el estado del artista; en honor del público se hacía acto seguido un brindis supuestamente susurrado al empresario por el artista del hambre; la orquesta corroboraba todo con un gran toque de honor, la gente se desperdigaba, y nadie tenía derecho a sentirse descontento con lo ocurrido, nadie excepto el artista del hambre, sólo él, siempre.

Así vivió muchos años, con breves períodos de descanso regulares, en medio de un aparente esplendor, respetado por el mundo, aunque presa casi siempre de un humor melancólico y cada vez más sombrío porque nadie era capaz de tomárselo en serio. Además, ¿cómo consolarlo? ¿Qué podía aún desear? Si alguna vez aparecía una persona bondadosa que lo compadecía e intentaba explicarle que su tristeza se debía probablemente al hambre, podía ocurrir, sobre todo en una fase de ayuno avanzado, que el artista del hambre respondiera con un acceso de rabia y, para horror de todos, empezara a sacudir los barrotes de la jaula como un animal. Pero en estos casos el empresario tenía un castigo que le gustaba aplicar. Disculpaba al artista ante el público asistente admitiendo que sólo la irritabilidad provocada por el ayuno —algo no muy fácil de comprender por personas bien alimentadas— hacía perdonable el comportamiento del artista del hambre; en ese contexto pasaba luego a hablar de la afirmación del artista, merecedora igualmente de una explicación, de que podría ayunar mucho más tiempo del que ayunaba; elogiaba la noble aspiración, la buena voluntad y la gran abnegación que esta afirmación sin duda contenía; pero luego intentaba refutarla mostrando simple y llanamente fotografías que eran puestas en venta al mismo tiempo, pues en ellas se veía al artista del hambre en el cuadragésimo día de ayuno, en su cama, casi liquidado por la consunción. Esta distorsión de la verdad que, aunque bien conocida por el artista, lograba enervarlo siempre de nuevo, era demasiado para él. ¡Se presentaba como causa algo que era consecuencia de la interrupción anticipada del ayuno! Luchar contra esa incomprensión, contra ese mundo de incomprensión era imposible. Una y otra vez, pegado a los barrotes, había escuchado ansiosamente y de buena fe al empresario, pero en cuanto aparecían las fotografías soltaba los barrotes, se dejaba caer sobre la paja, suspirando, y el público tranquilizado podía acercarse de nuevo y observarlo.

Cuando los testigos de esas escenas las recordaban años más tarde, no se comprendían muchas veces a sí mismos. Pues mientras tanto se había producido el cambio ya mencionado; ocurrió casi de improviso; puede que hubiera razones más profundas, pero ¿a quién le importaba descubrirlas? En cualquier caso, el mimado artista del hambre se vio un buen día abandonado por la multitud ávida de diversiones, que prefería acudir en masa a otros espectáculos. El empresario recorrió una vez más media Europa con él para ver si en un lugar u otro volvía a repuntar el antiguo interés; todo fue en vano; como obedeciendo a un acuerdo secreto se había creado en todas partes una auténtica aversión contra el espectáculo del ayuno. Es evidente que en realidad ese fenómeno no podía haberse producido tan de improviso, y se empezaron a recordar entonces, con cierto retraso, una serie de presagios que, en el momento de la embriaguez del triunfo, no habían sido suficientemente atendidos ni evitados; pero ya era demasiado tarde para remediar aquello. Si bien era cierto que los buenos tiempos del ayuno volverían algún día, esto no era ningún consuelo para los vivos. ¿Qué podía hacer el artista del hambre? Él, que había sido aclamado por miles de personas, no podía exhibirse en las barracas de ferias pequeñas, y para ejercer otra profesión no sólo era demasiado viejo, sino que, sobre todo, vivía entregado al ayuno con un fanatismo excesivo. Despidió, pues, al empresario, compañero de una carrera sin igual, y se hizo contratar por un gran circo; para no herir su propia susceptibilidad prefirió no mirar las condiciones del contrato.

Con su infinidad de personas, animales y aparatos que se equilibran y complementan sin cesar unos a otros, un gran circo puede utilizar a quien sea y en cualquier momento, incluso a un artista del hambre, siempre que sus pretensiones sean relativamente modestas, se entiende; además, en este caso concreto, no fue sólo el artista del hambre mismo el contratado, sino también su antiguo y célebre nombre; sí, ni siquiera podía decirse, dada la especificidad de un arte cuyo ejercicio no disminuye con la edad, que un artista envejecido, que no se hallaba ya en el apogeo de sus capacidades, quisiera refugiarse en un tranquilo puesto circense; todo lo contrario, el artista del hambre aseguraba, y esto era perfectamente creíble, que seguía ayunando igual de bien que antes, sí, llegó incluso a afirmar que, si lo dejaban actuar según su voluntad —cosa que le prometieron sin chistar—, esta vez despertaría realmente un justificado asombro en el mundo, afirmación esta que, teniendo en cuenta el cambio operado en los gustos del público, que el artista olvidaba fácilmente en su entusiasmo, sólo provocaba una sonrisa entre la gente del oficio.

Pero, en el fondo, el artista del hambre no perdió de vista la realidad de la situación y consideró natural que no lo pusieran con su jaula en el centro de la pista, como número extraordinario, sino fuera, en un lugar de muy fácil acceso por lo demás, cerca de los establos. Grandes carteles de distintos colores enmarcaban la jaula, anunciando lo que podía verse en ella. Cuando, en las pausas del espectáculo, el público se agolpaba en los establos para ver a los animales, era casi inevitable que pasara junto al artista y se detuviera un momento ante él; quizá se habrían quedado más tiempo si, en el estrecho pasillo, los que venían detrás y no entendían esa parada en el camino hacia los ansiados establos no hubieran impedido una contemplación más tranquila y prolongada. Éste era también el motivo por el que el artista del hambre temblaba al pensar en esas horas de visita, que por otra parte deseaba como la meta de su vida, claro está. En los primeros tiempos apenas si podía esperar los entreactos; fascinado, aguardaba a la multitud que irrumpía, hasta que muy pronto se convenció —ni siquiera el autoengaño más pertinaz y casi consciente pudo hacer frente a las experiencias— de que la intención principal de esa gente era una y otra vez, sin excepción, visitar los establos. Y esa visión a distancia seguía siendo la más hermosa. Pues en cuanto se hallaban cerca de él, al punto quedaba abrumado por el griterío y los insultos de las facciones que no paraban de formarse todo el tiempo: la de aquellos que querían verlo cómodamente —pronto se convirtió en la más penosa para él— no por comprensión, sino por capricho y testarudez, y la de quienes sólo querían ir directamente a los establos. En cuanto pasaba la gran turba llegaban los rezagados, pero estos, a los que ya nada impedía detenerse allí el tiempo que quisieran, pasaban de largo a grandes zancadas, casi sin mirar de reojo, para llegar a tiempo de ver a los animales. Y no era muy frecuente el caso afortunado de que un padre de familia llegase con sus hijos, señalase al artista del hambre con el dedo, explicase en detalle de qué se trataba, les hablase de años pasados, en los que había asistido a exhibiciones similares, aunque incomparablemente más grandiosas, y los niños, debido a su insuficiente preparación en la escuela y en la vida —¿qué podían saber sobre el ayuno?—, seguían sin entender lo que ocurría; pero en el brillo de sus ojos escrutadores dejaban traslucir algo de los nuevos tiempos venideros, más clementes. Tal vez, se decía a veces el artista del hambre, todo iría un poco mejor si no lo hubieran instalado tan cerca de los establos. Elegir le resultaba así demasiado fácil a la gente, por no mencionar que las emanaciones de los establos, la inquietud nocturna de los animales, el transporte de los trozos de carne cruda para las fieras y los rugidos de éstas al comer lo vejaban mucho y lo oprimían permanentemente. Sin embargo, no se atrevía a comunicarlo a la dirección; después de todo, debía a los animales la multitud de visitantes, entre los que de vez en cuando también podía haber uno que viniera a verlo, y quién sabe dónde lo esconderían si quisiera recordarles su existencia y, de paso, que en el fondo no era sino un obstáculo en el camino a los establos.

Un pequeño obstáculo, de todas formas, un obstáculo cada vez más pequeño. La gente se fue acostumbrando a la extravagancia de que un artista del hambre quisiera reclamar la atención en los tiempos actuales, y ese acostumbrarse acabó pronunciando sobre él la sentencia definitiva. Por más que ayunara como mejor podía —y lo hacía—, ya nada era capaz de salvarlo, la gente pasaba de largo ante su jaula. ¡Cómo explicar a alguien el arte del ayuno! A quien no lo siente no hay forma de hacérselo entender. Los hermosos carteles se volvieron sucios e ilegibles, los arrancaron, y a nadie se le ocurrió sustituirlos; la tablilla con el número de días de ayuno transcurridos, que en los primeros tiempos se renovaba cuidadosamente cada día, llevaba ya mucho tiempo siendo la misma, pues al cabo de las primeras semanas el propio personal se había hartado incluso de ese trabajo mínimo; y el artista del hambre siguió, pues, ayunando como había soñado tiempo atrás, y lograba hacerlo sin esfuerzo, exactamente tal y como lo previera entonces, pero nadie contaba ya los días; nadie, ni siquiera el mismo artista del hambre, sabía cuán grande era ya el trabajo realizado; y su corazón se llenó de tristeza. Y cuando alguna vez, en aquel tiempo, un ocioso se detenía ante la jaula, se burlaba del antiguo número y hablaba de estafa, era esta la mentira más estúpida que hubieran podido inventar la indiferencia y la maldad innata, pues no era el artista del hambre quien engañaba —él trabajaba honestamente—, sino que el mundo lo engañaba escamoteándole su recompensa.

Pero pasaron muchos días y también esto llegó a su fin. Un vigilante reparó un día en la jaula y preguntó a los criados por qué tenían allí, sin usar y con paja podrida en su interior, esa jaula perfectamente aprovechable; nadie lo sabía, hasta que uno de ellos se acordó del artista del hambre al ver la tablilla. Removieron la paja con unas varas y encontraron en ella al artista. «¿Todavía ayunas?», preguntó el vigilante, «¿cuándo piensas dejarlo definitivamente?». «Perdonadme todos», susurró el artista del hambre; sólo el vigilante, que tenía la oreja pegada a los barrotes, pudo oírlo. «Claro que sí», dijo el vigilante y se llevó el índice a la sien para sugerir al personal el estado mental del artista, «te perdonamos». «Siempre he querido que admiraseis mi capacidad de ayuno», dijo el artista del hambre. «Y la admiramos», dijo el vigilante en tono condescendiente. «Pero no deberíais admirarla», dijo el artista. «Pues entonces no la admiraremos», dijo el vigilante, «¿por qué no deberíamos admirarla?». «Porque tengo que ayunar, no puedo evitarlo», dijo el artista. «¡Vaya, vaya!», dijo el vigilante, «¿y por qué no puedes evitarlo?». «Porque», dijo el artista del hambre alzando un poco la cabecita, con los labios estirados como para dar un beso y hablando al oído mismo del vigilante, de modo que no se perdiera nada, «porque no he podido encontrar ninguna comida que me gustara. De haberla encontrado, créeme que no habría hecho ningún alarde y me habría hartado como tú y todo el mundo». Éstas fueron sus últimas palabras, pero en sus ojos quebrantados persistía aún la convicción firme, aunque ya no orgullosa, de que seguiría ayunando.

«¡Y ahora, limpiad todo esto!», dijo el vigilante, y enterraron al artista del hambre junto con la paja. Luego metieron en la jaula a una joven pantera. E incluso para la sensibilidad más embotada fue un alivio ver a aquella fiera revolcarse y dar vueltas en una jaula tanto tiempo vacía. No le faltaba nada. La comida que le gustaba se la traían los guardianes sin pensárselo mucho; ni siquiera parecía echar de menos la libertad; aquel cuerpo noble, provisto de todo lo necesario hasta casi reventar, parecía llevar consigo la libertad; ésta parecía ocultarse en algún punto de su dentadura; y la alegría de vivir surgía con tanta intensidad de sus fauces que a los espectadores les costaba hacerle frente. Pero se dominaban, se agolpaban en torno a la jaula y luego no querían moverse del sitio.

JOSEFINA LA CANTANTE O EL PUEBLO DE LOS RATONES

Nuestra cantante se llama Josefina. Quien no la haya oído, no conoce el poder del canto. No hay nadie a quien su canto no arrebate, lo cual se ha de estimar tanto más cuanto que nuestra raza, en general, no ama la música.

Una paz silenciosa es para nosotros la música preferida; nuestra vida es difícil, y aunque hemos intentado sacudirnos de encima todas las preocupaciones cotidianas, ya no podemos elevarnos hasta cosas tan alejadas de nuestra vida habitual como la música. Pero no lo lamentamos mucho; ni siquiera llegamos a tanto; consideramos como nuestra máxima virtud cierta astucia práctica de la que, por cierto, estamos muy necesitados, y con la sonrisa propia de esa astucia solemos consolarnos de todo, aunque alguna vez —lo cual, sin embargo, no ocurre— lleguemos a aspirar a la felicidad que tal vez emane de la música. Josefina es la única excepción; ella ama la música y sabe también transmitirla; es la única; con su partida desaparecerá la música —quién sabe por cuánto tiempo— de nuestras vidas.

A menudo he reflexionado sobre lo que realmente ocurre con esa música. Si somos de todo punto amusicales, ¿cómo es que entendemos el canto de Josefina o, dado que ella niega nuestra comprensión, creemos al menos entenderlo? La respuesta más sencilla sería que la belleza de ese canto es tan grande que ni el espíritu más obtuso puede resistirse a ella; pero esta respuesta no es satisfactoria. Si de verdad fuera así, al oír ese canto deberíamos tener ante todo y siempre la sensación de algo extraordinario, la sensación de que desde esa garganta resuena algo que jamás habíamos oído antes y que tampoco somos capaces de oír, algo que sólo Josefina y nadie más nos capacita para oír. Pero precisamente esto no es, a mi entender, cierto, yo no lo siento ni he notado nada similar en otros. En círculos íntimos nos confesamos sin tapujos que, como canto, el de Josefina no tiene nada excepcional.

Aunque ¿será realmente un canto? Pese a no ser nada musicales tenemos tradiciones de canto; en los tiempos antiguos de nuestro pueblo existía el canto; hay leyendas que hablan de ello, y hasta se han conservado canciones que, por cierto, ya nadie puede cantar. Tenemos, pues, cierta idea de lo que es el canto, y la verdad es que esta idea no se corresponde con el arte de Josefina. ¿Será realmente un canto? ¿No será sólo un silbido? Y es que silbar sabemos todos, es la habilidad propiamente dicha de nuestro pueblo o, mejor dicho, no es una habilidad, sino una manifestación vital característica. Todos silbamos, pero a nadie se le ocurre presentar eso como un arte; silbamos sin prestar atención, e incluso sin darnos cuenta, y hay entre nosotros muchos que no saben que silbar forma parte de nuestras peculiaridades. Si fuera, pues, cierto que Josefina no canta, sino que sólo silba y quizá, como al menos a mí me lo parece, a duras penas supera los límites del silbido habitual —acaso sus fuerzas ni siquiera basten del todo para emitir ese silbido habitual, mientras que un terraplenador normal puede hacerlo sin esfuerzo durante todo el día, al tiempo que realiza su trabajo—, si todo esto fuera cierto, el supuesto talento artístico de Josefina quedaría en entredicho, aunque entonces habría mucha mayor razón para resolver el enigma de su enorme influencia.

Pero no es un simple silbido lo que ella emite. Si uno se coloca a bastante distancia y presta oídos o, mejor dicho, se somete a una prueba en este sentido, es decir, si Josefina canta, por ejemplo, entre otras voces y uno se impone la tarea de reconocer su voz, con toda seguridad no percibirá sino un silbido común y corriente, un tanto llamativo a lo sumo por su delicadeza o su debilidad. Pero si se para frente a ella, entonces deja de ser un simple silbido; para comprender su arte es necesario no sólo oírla, sino también verla. Aunque no se tratara sino de nuestro silbido cotidiano, se da aquí, de entrada, la peculiaridad de alguien que se reviste de solemnidad para no hacer ni más ni menos que algo habitual. Cascar una nuez no es ciertamente un arte, por eso nadie se atrevería a convocar un público y, para entretenerlo, ponerse a cascar nueces frente a él. Pero si lo hace y consigue su propósito, es evidente que no puede tratarse del simple hecho de cascar nueces. O más bien se trata, en efecto, de cascar nueces, pero resulta entonces que, puesto que lo dominábamos sin dificultad, habíamos desatendido por completo este arte del que este nuevo cascanueces nos muestra de pronto su esencia propiamente dicha; para lo cual hasta podría ser de utilidad que fuera un poco menos hábil en cascar nueces que la mayoría de nosotros.

Tal vez ocurra algo semejante con el canto de Josefina; admiramos en ella lo que no admiramos para nada en nosotros mismos; por lo demás, en este último punto ella está totalmente de acuerdo con nosotros. Yo estaba presente un día en que alguien, como sucede con frecuencia, le llamó la atención sobre el hábito de silbar de nuestro pueblo, y aunque lo hizo con total discreción, para Josefina ya fue demasiado. Nunca había visto yo una sonrisa tan insolente y altanera como la que enarboló en aquel momento; ella, que por fuera es la quintaesencia de la delicadeza, de una delicadeza llamativa incluso en un pueblo tan rico en este tipo de figuras femeninas como el nuestro, llegó a parecer en ese instante francamente vulgar; dada su gran sensibilidad, debió de advertirlo enseguida y se dominó. En cualquier caso, niega cualquier relación entre su arte y el hábito de silbar. Por quienes opinan lo contrario sólo siente desprecio y, probablemente, un odio inconfesado. Esto no es vanidad común y corriente, pues quienes mantienen esta opinión, de la que yo mismo participo a medias, sin duda no la admiran menos que la multitud; pero es que Josefina no quiere ser sólo admirada, sino admirada exactamente del modo prescrito por ella, la simple admiración no le interesa. Y cuando uno está sentado frente a ella lo comprende; la oposición sólo se practica desde lejos; cuando uno está sentado frente a ella se da cuenta: lo que ella silba allí no es un silbido.

Como silbar forma parte de nuestros hábitos maquinales, podría pensarse que entre el auditorio de Josefina también se silba; su arte nos hace sentir bien, y cuando nos sentimos bien, silbamos; pero su auditorio no silba, guarda un silencio absoluto; como si fuésemos todos partícipes de esa anhelada paz de la que al menos nuestro propio silbar nos aleja, callamos. ¿Será su canto lo que nos fascina? ¿No será más bien el solemne silencio que envuelve su débil vocecilla? Ocurrió en cierta ocasión que, mientras Josefina cantaba, una chiquilla tonta se puso a silbar también con total inocencia. Era exactamente lo mismo que nos hacía oír Josefina; allí delante su silbido aún tímido pese a toda la práctica, y aquí, entre el público, el distraído silbar infantil; hubiera sido imposible establecer la diferencia; no obstante, enseguida silenciamos a la intrusa con nuestros siseos y silbidos, aunque no hubiera sido necesario, pues seguro que ella misma se habría escondido de miedo y de vergüenza mientras Josefina entonaba su triunfal silbido totalmente fuera de sí, con los brazos extendidos y el cuello alargado al máximo.

Siempre ocurre así, por lo demás: cualquier nadería, cualquier azar, cualquier renitencia, un crujido en el parquet, un rechinar de dientes, un fallo en la iluminación le dan ocasión para realzar el efecto de su canto; porque, según ella, canta ante oídos sordos; el entusiasmo y los aplausos no escasean, pero a una comprensión real, tal como ella la entiende, ha aprendido a renunciar hace ya tiempo. De ahí que todas las interrupciones le vengan muy a propósito; todo cuanto desde fuera se oponga a la pureza de su canto y sea vencido en un combate ligero, o incluso sin combate, mediante la simple confrontación, puede contribuir a despertar a la multitud, a enseñarle, si no comprensión, al menos un respeto instintivo.

Pero si las pequeñas cosas le son tan útiles, ¡cuánto más lo son las grandes! Nuestra vida es muy agitada, cada día trae sorpresas, angustias, esperanzas, temores, y uno solo no podría soportar todo eso si no tuviera siempre, día y noche, el apoyo de sus compañeros; pero aun así resulta con frecuencia muy difícil; a veces son miles los hombros que tiemblan bajo una carga destinada, en realidad, tan solo a uno. Y entonces Josefina piensa que ha llegado su hora. Ya está ahí de pie la tierna criatura, vibrando angustiosamente por debajo del pecho; es como si hubiera concentrado toda su energía en el canto, como si todo cuanto en ella no sirviera directamente al canto se hubiese quedado sin fuerza, sin ninguna posibilidad de vida, como si la hubieran despojado, abandonado, encomendado sólo a la protección de unos buenos espíritus, como si un soplo de aire frío pudiese, al pasar, matarla, mientras ella, totalmente fuera de sí misma, permanece inmersa en su canto. Pero precisamente al ver aquello nosotros, sus presuntos adversarios, solemos decirnos: «No puede ni silbar; qué esfuerzo tan terrible ha de hacer para arrancarse como sea no ya un canto —no hablemos de canto—, sino el silbido habitual en nuestro país». Así nos lo parece, aunque, como ya hemos dicho, ésta es una impresión sin duda inevitable pero fugaz y rápidamente evanescente. Pronto nos sumergimos también nosotros en el sentimiento de la multitud que, enardecida, cuerpo contra cuerpo, escucha conteniendo el aliento.

Y para reunir en torno a sí misma a esa multitud de nuestro pueblo casi siempre en movimiento, que corre de aquí para allá en función de objetivos no siempre muy claros, Josefina no tiene en general más que echar hacia atrás la cabecita y, con la boca semiabierta y los ojos dirigidos hacia lo alto, adoptar esa postura que revela su intención de cantar. Puede hacer esto donde quiera, no tiene por qué ser un lugar visible desde lejos, cualquier rincón oculto, elegido conforme al capricho casual del momento, es igualmente aprovechable. La noticia de que quiere cantar se propaga enseguida, y pronto empieza a acudir gente en procesiones. Cierto es que a veces surgen obstáculos, Josefina canta preferentemente en tiempos turbulentos; múltiples preocupaciones y necesidades nos obligan a seguir entonces caminos muy diversos, y ni con la mejor de las intenciones podemos congregarnos tan velozmente como lo desearía Josefina, que en tales casos permanece un buen rato en su actitud solemne, sin un número suficiente de oyentes, hasta que de pronto monta en cólera, empieza a patear el suelo, maldice de manera nada apropiada para una muchacha e incluso muerde. Pero ni siquiera este comportamiento empaña su buen nombre; en vez de moderar un poco sus exageradas pretensiones, nos esforzamos por satisfacerlas; se envían mensajeros a que traigan oyentes; se le oculta lo que está ocurriendo; en los caminos de los alrededores se ven luego centinelas que, por señas, invitan a darse prisa a los que se aproximan; y todo esto dura hasta que finalmente se congrega un número aceptable de espectadores.

¿Qué impulsa al pueblo a preocuparse tanto por Josefina? Una pregunta no más fácil de contestar que la referida a su canto, con la cual guarda relación. Se la podría eliminar y unir las dos por completo si fuera posible afirmar que el pueblo se ha rendido incondicionalmente ante Josefina debido a su canto. Pero no es precisamente el caso; una rendición incondicional es algo que apenas conoce nuestro pueblo; este pueblo que ama por encima de todo la astucia —inofensiva, eso sí—, el bisbiseo infantil, la murmuración —inocente, eso sí—, que sólo mueve los labios, un pueblo semejante no puede entregarse incondicionalmente; esto también lo siente Josefina, y es lo que combate con todo el esfuerzo de su débil garganta.

Cierto es que no conviene llevar demasiado lejos estos juicios generales; el pueblo está sin duda entregado a Josefina, sólo que no incondicionalmente. No sería capaz, por ejemplo, de reírse de ella. Bien podemos confesárnoslo: muchas cosas invitan a reír en Josefina; y la risa en sí misma es algo que tenemos siempre muy a mano; pese a todas las miserias de nuestra vida, una risa discreta siempre es, en cierto modo, algo natural entre nosotros; pero de Josefina no nos reímos. A veces tengo la impresión de que el pueblo concibe su relación con Josefina como si este ser frágil, necesitado de protección y en cierto modo distinguido —distinguido por el canto, en su opinión—, le hubiera sido confiado y tuviera que cuidar de él; los motivos no están claros para nadie, sólo el hecho parece seguro. Y por supuesto que no nos reímos de aquello que nos han confiado; hacerlo sería faltar al decoro; la peor maldad que los más malvados de nosotros pueden hacerle a Josefina es decir a veces: «Cuando vemos a Josefina se nos pasan las ganas de reír».

Así pues, el pueblo cuida de Josefina a la manera de un padre que adopta a un niño que le tiende la manita, no se sabe muy bien si pidiendo o exigiendo. Podría pensarse que nuestro pueblo es incapaz de cumplir con esos deberes paternales, pero en realidad los desempeña, al menos en este caso, de forma ejemplar; ningún individuo sería capaz por sí solo de hacer aquello que, en este sentido, es capaz de hacer el pueblo en su conjunto. Cierto es que la diferencia entre el pueblo y un individuo aislado es inmensa; basta con que atraiga a su protegido al calor de su proximidad para que esté suficientemente a salvo. Pero con Josefina no nos atrevemos a hablar de esas cosas. «Vuestra protección no vale un silbido», dice entonces. «Sí, sí, tú y tus silbidos», pensamos nosotros. Por lo demás, no hay un auténtico rechazo en su rebelión, es más bien la manera de ser y agradecer de un niño, y el papel del padre es no hacerle caso.

Pero hay otra cosa más difícil de explicar en esta relación entre el pueblo y Josefina. Y es que Josefina piensa lo contrario: cree que es ella la que protege al pueblo. Supuestamente, su canto sería el que nos salva de una mala situación política o económica; ni más ni menos que eso es capaz de conseguir; y si no conjura la desgracia, al menos nos da fuerzas para soportarla. No lo expresa de este modo, ni de ningún otro, en general habla poco, guarda silencio entre los charlatanes, pero el fulgor de sus ojos lo proclama y es posible leerlo en su boca cerrada; entre nosotros muy pocos son capaces de mantener la boca cerrada, y ella puede. Ante cualquier mala noticia —y hay días en que éstas se suceden atropelladamente una tras otra, incluidas las falsas y las que sólo son ciertas a medias—, se levanta en el acto, cuando por lo general tiende a postrarse en el suelo, cansada; se levanta y estira el cuello intentando abarcar su rebaño con la mirada, como el pastor antes de la tormenta. Cierto es que también los niños plantean exigencias similares a su manera salvaje e incontrolada, pero en el caso de Josefina éstas no son infundadas como en ellos. Claro está que ella no nos salva ni nos da fuerzas; es fácil hacerse pasar por salvador de este pueblo acostumbrado al sufrimiento, sacrificado, decidido, que conoce bien la muerte y sólo en apariencia es miedoso en la atmósfera de temeridad en la que vive permanentemente, que es, además, tan fecundo como osado...; es fácil, digo, hacerse pasar a posteriori por salvador de este pueblo que siempre se ha salvado de algún modo a sí mismo, aun a costa de sacrificios ante los cuales el estudioso de la historia —en general descuidamos por completo la investigación histórica— se queda helado de terror. Y, no obstante, es verdad que justamente en situaciones de emergencia prestamos más que nunca oído a la voz de Josefina. Las amenazas que planean sobre nosotros nos vuelven más silenciosos, más modestos, más dóciles al autoritarismo de la cantante; muy a gusto nos reunimos y apiñamos, sobre todo porque ello obedece a una motivación situada completamente al margen de la torturante cuestión principal; es como si juntos apuráramos a toda prisa —sí, la prisa es necesaria, Josefina lo olvida con demasiada frecuencia— el cáliz de la paz antes del combate. No es tanto un recital de canto como una asamblea popular, y una asamblea en la que, aparte del pequeño silbido que llega de enfrente, el silencio es absoluto; demasiado serio es el momento como para desperdiciarlo charlando.

Difícilmente podría satisfacer a Josefina una relación semejante. A pesar del malestar nervioso que se apodera de ella por causa de su situación nunca del todo esclarecida, son muchas las cosas que no ve, ofuscada como está por su presunción, y sin grandes esfuerzos podría verse inducida a pasar por alto muchas más; por este motivo, es decir, en beneficio del interés general, hay un ejército de aduladores siempre activo; y es que ella no consentiría cantar como de paso, inadvertida, en el rincón de alguna asamblea popular, por mucho que no sería desdeñable lo que con ello lograría.

Pero tampoco necesita hacerlo, pues su arte no pasa inadvertido. Aunque en el fondo estemos ocupados en cosas muy distintas y el silencio reine no sólo por amor al canto y haya más de uno que no alce la mirada, sino que hunda la cara en el abrigo de pieles del vecino, y Josefina parezca así esforzarse en vano allá arriba, algo de su silbido —esto es innegable— se abre paso inevitablemente hasta nosotros. Ese silbido, que se eleva allí donde a todos los demás se les impone silencio, llega casi como un mensaje del pueblo al individuo; el tenue silbido de Josefina en medio de las arduas decisiones es casi como la miserable existencia de nuestro pueblo entre el tumulto de un mundo hostil. Josefina se impone; esa nulidad de voz, ese rendimiento nulo se impone y se abre camino hasta nosotros, y es reconfortante pensar en ello. En momentos así seguro que no soportaríamos a un verdadero artista del canto —si llegase a haber alguno entre nosotros— y rechazaríamos de modo unánime la insensatez de semejante exhibición. Ojalá Josefina no llegue a saber nunca que el hecho de que la escuchemos es una prueba en contra de su canto. Algo ha de sospechar sin duda, si no, ¿por qué negaría tan apasionadamente que la escuchamos? Pero continúa cantando y pasa por alto esta sospecha silbando.

Siempre habría, no obstante, un consuelo para ella, y es que en cierto modo la escuchamos de verdad, probablemente de forma similar a como se escucha a un artista del canto; Josefina consigue efectos que un artista del canto intentaría en vano conseguir entre nosotros y que se deben precisamente a la insuficiencia de sus recursos.

Es probable que esto guarde relación sobre todo con nuestro modo de vida.

Nuestro pueblo no conoce la juventud, apenas tiene una brevísima infancia. Cierto es que regularmente aparecen reivindicaciones en favor de los niños, exigiendo que se les garantice una libertad y un respeto especiales, su derecho a un poco de despreocupación, a un poco de insensatez y de retozo, a un poco de juego; hay que reconocer este derecho y velar por su cumplimiento; estas reivindicaciones surgen y casi todo el mundo las aprueba, no hay nada que merezca más ser aprobado, pero tampoco hay nada menos fácil de conceder en la realidad de nuestra vida; se aprueban las reivindicaciones, se hacen intentos en este sentido, pero todo vuelve pronto a ser como antes. Nuestra vida es tal que en cuanto un niño empieza a dar sus primeros pasos y puede distinguir un poco el mundo que lo rodea, ya tiene que cuidar de sí mismo como un adulto; los territorios en los que por razones económicas tenemos que vivir dispersos son demasiado extensos, nuestros enemigos demasiado numerosos, los peligros que nos amenazan por todas partes demasiado imprevisibles: no podemos mantener a nuestros hijos alejados de la lucha por la vida; si lo hiciéramos, ello supondría su final prematuro. A estas tristes razones se suma, es verdad, una de mayor gravedad: la fecundidad de nuestra especie. Cada generación —y todas son numerosas— desplaza velozmente a la anterior, los niños no tienen tiempo de ser niños. Puede que otros pueblos cuiden solícitamente de sus niños, puede que construyan escuelas para los pequeños, puede que de ellas salgan a diario multitud de críos, el futuro del pueblo; cl caso es que, por bastante tiempo, día tras día, los niños que de allí salen continúan siendo los mismos. Nosotros no tenemos escuelas, pero de nuestro pueblo van surgiendo a intervalos brevísimos las incalculables bandadas de nuestros niños, siseando o piando felices hasta tanto no sepan silbar, revolcándose o rodando por efecto del ímpetu hasta tanto no puedan andar, arrastrándolo todo torpemente con su masa hasta tanto no puedan ver, ¡nuestros niños! Y no son, como en aquellas escuelas, los mismos niños, no, son siempre otros, siempre nuevos, sin final, sin interrupción; un niño deja de serlo apenas aparece, pero nuevos rostros infantiles vienen ya a agolparse detrás de él, indiferenciables en su número y su prisa, rosados de felicidad. Cierto es que por muy hermoso que esto sea, y por mucho que otros nos lo envidien con toda razón, no podemos dar a nuestros hijos una verdadera infancia. Y esto tiene sus consecuencias. Cierto infantilismo inextinguido e inextirpable impregna a nuestro pueblo; en franca contradicción con nuestra mejor parte, esa infalible inteligencia práctica, a veces actuamos con una necedad total, tan neciamente como actúan los niños, de modo absurdo, disipador, generoso, irreflexivo, y todo esto a menudo por el placer de gastar una pequeña broma. Y aunque nuestra alegría ya no pueda tener en esos casos toda la fuerza de la alegría infantil, algo de ésta sigue latiendo en su interior, de todas formas. Y Josefina ha sabido aprovechar desde siempre este infantilismo de nuestro pueblo.

Pero éste no es sólo infantil, también es, en cierto modo, prematuramente viejo; entre nosotros, la infancia y la vejez son distintas de las de los demás. No tenemos juventud, de inmediato pasamos a ser adultos y continuamos siéndolo durante demasiado tiempo, y cierta lasitud desesperanzada atraviesa entonces, dejando una ancha huella, la esencia en general tenaz y cargada de esperanzas de nuestro pueblo. Con ello también guarda relación, sin duda, nuestra falta de sensibilidad musical; somos demasiado viejos para la música, su entusiasmo y su impulso se avienen mal con nuestra pesadez, y la apartamos de nosotros con gesto cansino; nos hemos refugiado en el silbar; unos cuantos silbidos de vez en cuando: eso es lo que nos conviene. Quién sabe si entre nosotros no hay talentos musicales; el caso es que si los hubiera, el carácter de nuestros compatriotas los reprimiría antes ya de que se desarrollasen. Josefina, en cambio, puede silbar o cantar —o como quiera llamarlo— a su antojo: es algo que no nos molesta, que se corresponde con nuestra manera de ser, que toleramos bien; si hubiera en ello algo de música, estaría reducida a su mínima expresión; se conserva cierta tradición musical, pero sin que ello nos cause el menor incordio.

Josefina, sin embargo, aporta aún más cosas a un pueblo con las características del nuestro. En sus conciertos, sobre todo en tiempos difíciles, solamente los muy jóvenes se interesan por la cantante en cuanto tal, sólo ellos observan asombrados cómo Josefina frunce los labios y expele el aire por entre sus preciosos incisivos, languidece de admiración por los sonidos que ella misma produce y utiliza esa languidez para estimularse a conseguir logros nuevos, que le resultan cada vez más incomprensibles, mientras la verdadera multitud —esto se nota a las claras— se repliega sobre sí misma. Aquí, en las exiguas pausas entre un combate y otro, el pueblo sueña; es como si a cada cual se le relajaran los miembros, como si al individuo desasosegado le permitieran estirarse y alargarse a su gusto en la gran cama cálida del pueblo. Y en esos sueños resuena de vez en cuando el silbido de Josefina; ella lo llama cristalino, nosotros lo llamamos entrecortado; en cualquier caso, allí está en el lugar que le corresponde como no lo estaría en ningún otro, como raras veces encuentra la música el momento que la está aguardando. Hay en ello algo de nuestra pobre y breve infancia, algo de la felicidad perdida y nunca más recuperable, pero también algo de la vida activa de hoy, de su lozanía pequeña e incomprensible, aunque existente e imposible de exterminar. Y la verdad es que todo esto no es dicho en tono grandilocuente sino con una voz suave, susurrante, confidencial, a veces un poco ronca. Por supuesto que es un silbido. ¿Por qué no habría de serlo? El silbido es la lengua de nuestro pueblo, sólo que más de uno se pasa la vida silbando y no lo sabe; aquí, en cambio, el silbido es liberado de las ataduras de la vida cotidiana y también nos libera a nosotros por un tiempo breve. Lo cierto es que no desearíamos perdernos estas audiciones.

Pero de ahí a pretender, como lo hace Josefina, que en períodos semejantes ella nos da nuevas fuerzas, etcétera, etcétera, hay un buen trecho. Para la gente normal y corriente, se entiende, no para los aduladores de la cantante. «¿Cómo podría ser de otro modo?», dicen éstos con una osadía francamente ingenua, «¿cómo se explicaría, si no, sobre todo en situaciones de peligro inminente, la enorme afluencia que a veces hasta ha llegado a impedir una defensa suficiente y oportuna contra ese mismo peligro?». Esto último es, por desgracia, cierto, mas no figura entre los títulos de gloria de Josefina, sobre todo si añadimos que cuando esas multitudes eran disueltas inesperadamente por el enemigo y algunos de los nuestros tenían que dejar allí sus vidas, Josefina, que era la causante de todo y quizá había atraído al enemigo con sus silbidos, ocupaba siempre el lugar más seguro y, protegida por sus seguidores, era la primera en desaparecer en silencio y a toda prisa. También esto, en el fondo, lo saben todos, pese a lo cual vuelven a acudir en tropel cada vez que Josefina decide ponerse a cantar donde y cuando le plazca. De ello podría deducirse que la cantante está casi fuera de la ley, que puede hacer lo que quiera aunque ponga en peligro a la comunidad, y que se lo perdonan todo. Si así fuera, las pretensiones de Josefina serían perfectamente comprensibles, y en cierto modo se podría ver en esa libertad que el pueblo le estaría concediendo, en ese regalo extraordinario y no otorgado a nadie más, en abierta contradicción con las leyes, una confesión de que, tal y como ella afirma, el pueblo no entiende a Josefina, de que admira impotente su arte, no se siente digno de ella, procura compensar el pesar que le causa mediante prestaciones francamente desesperadas y, así como el arte de la cantante se halla fuera de su capacidad de comprensión, pone también la persona y los deseos de Josefina fuera del ámbito de su competencia. Ahora bien, esto no es en absoluto cierto, acaso en el plano individual el pueblo capitule con demasiada prisa ante Josefina, pero así como no capitula incondicionalmente ante nadie, tampoco lo hará ante ella.

Hace ya mucho tiempo —tal vez desde el inicio de su carrera artística— que Josefina viene luchando por verse liberada de cualquier tipo de trabajo en consideración a su canto; habría que eximirla, pues, de las preocupaciones por ganarse el pan cotidiano y de todo lo relacionado con nuestra lucha por la existencia para endosárselo, probablemente, al conjunto de la comunidad. Un entusiasta apresurado —y también los ha habido— podría deducir, ya a partir de la singularidad de esta exigencia, así como de la mente capaz de imaginarla, una íntima legitimación. Pero nuestro pueblo saca otras conclusiones y rechaza serenamente la exigencia. Tampoco se esfuerza mucho por refutar la fundamentación de la demanda. Josefina alega, por ejemplo, que el esfuerzo inherente al trabajo le perjudica la voz, y que si bien aquél es escaso en comparación con el trabajo que exige el canto, le quita la posibilidad de descansar debidamente después de cantar y reunir así fuerzas para seguir cantando; que se queda completamente agotada y, en estas circunstancias, nunca consigue un rendimiento máximo. El pueblo la escucha y no le hace caso. A este pueblo tan fácil de conmover no hay a veces manera de conmoverlo. El rechazo es en ocasiones tan duro que hasta Josefina se queda perpleja, parece someterse, trabaja como es debido y canta como mejor puede, pero todo eso sólo durante un tiempo, luego reanuda la lucha con nuevas fuerzas, que para esto parecen ser ilimitadas.

Ahora bien, es evidente que Josefina no aspira de verdad a lo que literalmente exige. Es sensata, no rehúye el trabajo —la aversión al trabajo es desconocida entre nosotros—, y aun cuando aprobaran su reivindicación seguiría viviendo, sin duda, igual que antes, el trabajo no sería ningún obstáculo para su canto, y este tampoco sería, por eso mismo, más hermoso; lo que ella pretende sólo es, pues, el reconocimiento público, inequívoco y duradero de su arte, un reconocimiento que se eleve muy por encima de todo lo conocido hasta ahora. Pero mientras casi todo lo demás le parece alcanzable, esto se le resiste obstinadamente. Quizá desde el primer momento debió dirigir su ataque en otra dirección, quizá ella misma advierta ahora el error cometido, pero ya no puede echarse atrás, retroceder supondría ser infiel a sí misma, y ahora tiene que mantenerse firme o caer con esta exigencia.

Si, como dice, tuviera realmente enemigos, éstos podrían contemplar divertidos su lucha sin tener que mover un solo dedo. Pero no tiene enemigos, y aunque más de uno le haga objeciones de vez en cuando, esa lucha no divierte a nadie. Siquiera por el simple hecho de que el pueblo se muestra aquí en su fría actitud de juez, algo que normalmente es muy raro de ver entre nosotros. Y aunque haya quien apruebe en este caso una actitud semejante, la sola idea de que alguna vez el pueblo pueda comportarse de manera similar contra él excluye cualquier alegría. Pues tanto en la exigencia como en el rechazo, lo importante no es la cosa en sí misma, sino el hecho de que el pueblo pueda cerrarse tan impenetrablemente contra cualquier compatriota, con una impenetrabilidad tanto mayor cuanto que, en general, cuida de ese mismo compatriota paternalmente y, más que paternalmente, con humildad.

Si en vez del pueblo se hubiese tratado aquí de un individuo, podría creerse que este hombre viene cediendo todo el tiempo ante Josefina impulsado por el ardiente y continuo deseo de poner fin en algún momento a esta docilidad; que ha cedido a un grado sobrehumano en la firme creencia de que, pese a todo, las concesiones acabarían encontrando su justo límite; que incluso ha cedido más de lo necesario sólo para acelerar el proceso, sólo para mimar a Josefina y despertar en ella deseos siempre renovados hasta que de verdad llegase a formular una última exigencia; él entonces pronunciaría el rechazo definitivo, brevemente, pues lo tendría preparado hacía tiempo. Ahora bien, resulta que las cosas no son en absoluto así, el pueblo no necesita esas artimañas; además, su veneración por Josefina es sincera y probada, en tanto que la exigencia de ésta es tan desmedida que cualquier niño inocente podría predecir su desenlace; pese a lo cual, es posible que en la idea que Josefina tiene del asunto también desempeñen un papel estas especulaciones, añadiendo amargura al dolor del rechazo.

Pero aun si ella misma se abandona a estas especulaciones, no deja por eso que la aparten de su lucha. En los últimos tiempos ésta incluso se ha intensificado; si hasta la fecha había luchado sólo con palabras, ahora empieza a utilizar otros medios, en su opinión más efectivos, aunque en la nuestra más peligrosos para ella misma.

Algunos creen que Josefina se ha vuelto tan insistente porque siente que está envejeciendo, que la voz se le debilita y, por tanto, le parece que ya va siendo hora de librar la última batalla por su reconocimiento. Yo no lo creo. Josefina no sería Josefina si esto fuera cierto. Para ella no existen el envejecimiento ni las debilidades de la voz. Cuando exige algo, no lo hace impulsada por factores externos, sino por una lógica interna. Intenta alcanzar el más alto galardón no porque en ese momento éste cuelgue a menos altura, sino porque es el más alto; lo colgaría incluso más arriba si estuviera en su poder hacerlo.

Este menosprecio hacia las dificultades externas no le impide, sin embargo, utilizar los medios más indignos. Su derecho está, para ella, fuera de toda duda; ¿qué importa, pues, cómo lo consiga? Sobre todo porque en este mundo, tal y como se le presenta, precisamente los medios dignos están condenados al fracaso. Quizá por eso haya desplazado la lucha por sus derechos del ámbito del canto a otro que le resulta menos caro. Sus seguidores han hecho circular declaraciones suyas según las cuales se siente perfectamente capaz de cantar de forma tal que su canto sea un auténtico placer para todas las capas sociales del pueblo, incluida la oposición más recóndita, y un auténtico placer no en el sentido del pueblo, que afirma haber experimentado desde siempre ese placer en el canto de Josefina, sino un placer en el sentido de las exigencias de la cantante. Ésta añade, sin embargo, que como no puede falsear lo elevado ni adular lo vulgar, hay que dejar las cosas tal como están. Algo muy distinto es, en cambio, su lucha por la exención del trabajo; aunque también es una lucha por su canto, en este caso no combate directamente con la preciosa arma del canto, por lo que cualquier medio que emplee resulta válido.

Así, por ejemplo, se difundió el rumor de que Josefina tenía la intención de abreviar las coloraturas si no le hacían ciertas concesiones. Yo no sé nada de coloraturas y nunca he percibido en su canto nada parecido. Pero Josefina quiere abreviar las coloraturas, no eliminarlas de momento, sino sólo abreviarlas. Y al parecer ha llevado a cabo su amenaza, aunque yo no advertí ninguna diferencia con respecto a sus actuaciones anteriores. El pueblo entero escuchó atentamente como siempre, sin pronunciarse sobre las coloraturas, y el tratamiento dado a la exigencia de Josefina tampoco sufrió cambio alguno. Por lo demás, es innegable que a veces tiene nuestra cantante, tanto en su figura como en su pensamiento, algo francamente encantador. Así, por ejemplo, después de aquella actuación —como si su decisión sobre las coloraturas hubiera sido demasiado dura o brusca de cara al pueblo—, anunció que en fecha próxima volvería a cantar completas las coloraturas. Pero tras el concierto siguiente cambió otra vez de idea; dijo que las grandes coloraturas se habían acabado definitivamente y que no volverían hasta que no se tomase una decisión que ella juzgara favorable a tal fin. Ahora bien, el pueblo hizo caso omiso de todas estas explicaciones, decisiones y cambios de decisiones, del mismo modo que un adulto absorto en sus pensamientos no presta atención a la cháchara de un niño, benévolo en el fondo, pero inaccesible.

Josefina, sin embargo, no cede. Así, por ejemplo, afirmó hace poco que se había lesionado un pie trabajando y ello le creaba dificultades para cantar de pie, pero como sólo podía cantar de pie, tenía que abreviar sus cantos. A pesar de que cojea y se apoya en sus acompañantes, nadie cree en una lesión de verdad. Incluso admitiendo la peculiar sensibilidad de su cuerpecito, nosotros somos un pueblo trabajador y Josefina forma parte de él; si tuviéramos que cojear por el menor rasguño, el pueblo entero no pararía de cojear. Por mucho que ella se haga llevar como una inválida, por mucho que se muestre en ese estado lamentable con más frecuencia que antes, el pueblo escucha su canto agradecido y fascinado como en otros tiempos, y no protesta demasiado por la abreviación de las canciones.

Ya que no puede renquear todo el tiempo, se inventa otras cosas, aparenta cansancio, mal humor, debilidad. Y es así como ahora, además del concierto, también tenemos espectáculo. Vemos cómo detrás de Josefina sus seguidores le ruegan y suplican que cante. A ella le gustaría, pero no puede. La consuelan, la halagan, la llevan casi en volandas hasta el lugar previamente escogido donde ha de cantar. Por último ella cede entre lágrimas indescifrables, pero cuando con un esfuerzo de voluntad a todas luces supremo quiere empezar a cantar, exhausta, con los brazos no estirados como antes sino colgando sin vida a ambos lados del cuerpo —uno tiene entonces la impresión de que son quizá un poco cortos—, cuando se dispone a empezar, aquello falla una vez más, un meneo involuntario de la cabeza así lo indica y Josefina se derrumba ante nuestros ojos. Cierto es que después vuelve a animarse y canta, creo que de forma no muy distinta a la habitual; quien tenga oído para percibir matices muy delicados acaso advierta una excitación un tanto excepcional que, sin embargo, redunda en beneficio del canto. Al final está incluso menos cansada que antes y, con firme andar —si así pueden llamarse sus pasitos furtivos y silenciosos—, se aleja rechazando cualquier ayuda de sus seguidores y examinando con mirada fría a la multitud que le abre camino respetuosamente.

Así estaban las cosas hace poco, pero la última novedad es que en una ocasión en que se esperaba que cantase, Josefina desapareció. No sólo sus seguidores la buscan, muchos se lanzan en su búsqueda, pero es inútil. Josefina ha desaparecido, no quiere cantar, ni siquiera quiere que se lo pidan, esta vez nos ha abandonado por completo.

Es curioso lo mal que calcula las cosas esta astuta criatura, tan mal que podría creerse que no calcula en absoluto, sino que simplemente se deja arrastrar por su destino, que en nuestro mundo sólo puede ser muy triste. Ella misma se sustrae al canto, ella misma destruye el poder que había adquirido sobre los espíritus. ¿Cómo pudo adquirirlo conociendo tan poco a esos espíritus? Se esconde y no canta, pero el pueblo, tranquilo, sin mostrarse decepcionado, imperioso —una masa que reposa en sí misma y, aunque las apariencias lo contradigan, sólo puede dar, nunca recibir regalos, tampoco de la cantante—, ese pueblo prosigue su camino.

Lo de Josefina tiene que ir cuesta abajo. Pronto llegará el momento en que su último silbido resuene y enmudezca. Ella es un pequeño episodio en la historia eterna de nuestro pueblo, y el pueblo sabrá superar su pérdida. No nos resultará nada fácil; ¿cómo podremos convocar asambleas en medio de un mutismo total? Aunque ¿no eran éstas ya mudas con Josefina? Su silbido real, ¿era acaso mucho más fuerte y vivaz que el recuerdo que de él tendremos? ¿Era ya en vida de ella algo más que un simple recuerdo? ¿No será más bien que el pueblo, en su sabiduría, colocó tan alto el canto de Josefina para evitar así que se perdiera?

Tal vez nuestra privación no llegue a ser muy grande, pero el caso es que Josefina, redimida de los padecimientos terrenales —que en su opinión están, sin embargo, hechos para los elegidos—, se acabará perdiendo feliz entre la ingente multitud de los héroes de nuestro pueblo y, como no cultivamos la historia, será pronto olvidada en una redención cada vez más grande, al igual que todos sus hermanos.

Un médico rural
Relatos breves
(1919)

A mi padre

El nuevo abogado

Tenemos un nuevo abogado, el doctor Bucéfalo. Poco en su aspecto exterior recuerda la época en que aún era el corcel de Alejandro de Macedonia. De todas formas, quien esté familiarizado con las circunstancias notará algo. Hace poco vi en la escalinata a un simple ujier que, con la mirada experta del pequeño cliente habitual de las carreras de caballos, observaba admirativamente al abogado cuando éste, levantando muy alto los muslos, subía escalón por escalón haciendo resonar el mármol bajo sus pasos.

En líneas generales, el colegio de abogados aprueba la admisión de Bucéfalo. Con asombrosa perspicacia dicen que, dado el ordenamiento actual de la sociedad, Bucéfalo se encuentra en una situación difícil, y por ello, así como por su importancia dentro de la historia universal, merece, en cualquier caso, ser bien acogido. Hoy en día —esto nadie puede negarlo— no hay ningún Alejandro Magno. Más de uno sabe asesinar, es cierto; tampoco escasea la habilidad para alcanzar al amigo con la lanza por encima de la mesa del festín, y para muchos Macedonia es demasiado estrecha, de suerte que maldicen a Filipo, el padre; pero nadie, eso sí, nadie puede acaudillar un ejército hasta la India. Ya entonces las puertas de la India eran inalcanzables, pero la espada del rey indicaba la dirección a seguir. Hoy las puertas han sido trasladadas a un lugar totalmente distinto, más lejano y más elevado; nadie señala la dirección a seguir; muchos llevan espadas, pero sólo para blandirlas, y la mirada que pretende seguirlas se extravía.

Por eso quizá lo mejor sea, en definitiva, como ha hecho Bucéfalo, enfrascarse en los códigos. Libre, sin que los muslos del jinete opriman sus ijares, a la tranquila luz de una lámpara, lejos del fragor de la batalla de Alejandro, lee y pasa las páginas de nuestros viejos libros.

Un médico rural

Me hallaba en un gran aprieto: tenía que hacer un viaje urgente; un enfermo grave me esperaba en una aldea a diez millas de distancia; una fuerte tempestad de nieve llenaba el amplio espacio que mediaba entre él y yo; disponía de un coche ligero de grandes ruedas, exactamente el idóneo para nuestras carreteras comarcales; enfundado en mi abrigo de piel, con el maletín de instrumentos en la mano, me hallaba, listo ya para partir, en el patio; pero el caballo faltaba, el caballo. El mío había muerto la noche anterior debido al esfuerzo excesivo desplegado aquel gélido invierno; mi criada recorría ahora la aldea para conseguir un caballo prestado; pero no había esperanzas, yo lo sabía, y cada vez más agobiado por la nieve, cada vez más inmovilizado, aguardaba allí inútilmente. En el portón apareció la muchacha, sola, y agitó la linterna; claro está, ¿quién iba a prestar su caballo a esa hora para semejante viaje? Volví a atravesar el patio; no veía salida alguna; distraído, atormentado, golpeé con el pie la desvencijada puerta de la pocilga, que no se utilizaba desde hacía años. Se abrió y tableteó girando en sus goznes. Escapó una vaharada de calor y cierto olor a caballo. Una débil linterna de establo oscilaba dentro, colgada de una cuerda. Un hombre acurrucado en el pequeño cobertizo mostró su rostro despejado, de ojos azules. «¿Quiere que enganche los caballos?», preguntó saliendo a gatas. Yo no supe qué decir y me incliné para ver qué más había en el establo. La criada estaba de pie a mi lado. «Uno nunca sabe qué cosas tiene en su propia casa», dijo, y los dos nos reímos. «¡Hola, hermano; hola, hermana!», dijo el mozo de cuadra, y dos caballos, dos poderosos animales de potentes flancos, agachando como camellos las bien formadas cabezas, con las patas muy pegadas al cuerpo, salieron uno tras otro impulsados por la sola fuerza de las ondulaciones de su tronco a través del vano de la puerta, que llenaron por completo. Y en el acto se irguieron sobre sus largas patas, exhalando un vapor denso de sus cuerpos. «Ayúdalo», dije, y la dócil muchacha se apresuró a alcanzar al mozo el atelaje del coche. Pero en cuanto llega a su lado, el mozo la abraza y pega su cara a la de ella. La joven lanza un grito y busca refugio a mi lado; en la mejilla tiene dos hileras de dientes marcadas en rojo. «¡Animal!», grito yo enfurecido, «¿quieres látigo?», pero enseguida recuerdo que es un extraño, que no sé de dónde viene y que me está prestando su ayuda espontáneamente cuando todos los demás me fallan. Como si leyera mis pensamientos, no me toma a mal la amenaza, sino que, sin dejar de ocuparse de los caballos, se vuelve una sola vez hacia mí. «Suba», dice luego, y, en efecto, todo está listo. Me doy cuenta de que nunca he viajado con un tiro tan hermoso y me subo muy contento. «Pero yo conduciré, tú no conoces el camino», digo. «Por supuesto», dice él, «yo no iré con usted, me quedaré con Rosa». «No», grita Rosa y se precipita hacia la casa con presentimiento cierto de la ineluctabilidad de su destino; oigo tintinear la cadena de la puerta, que ella echa; oigo el clic de la cerradura; veo cómo, además, va apagando todas las luces del vestíbulo y las habitaciones para hacerse ilocalizable. «Tú vienes conmigo», le digo al mozo, «o renuncio al viaje, por muy urgente que sea.

No pienso pagarlo dejándote la muchacha a cambio». «¡Arre!», dice él dando una palmada; el coche es arrastrado como un tronco en la corriente; aún oigo cómo la puerta de mi casa cede y se astilla bajo la embestida del mozo, luego mis ojos y oídos se llenan de un zumbido que invade uniformemente todos mis sentidos. Pero esto también dura sólo un instante, pues como si el patio de mi enfermo se abriese justo ante el portón de mi patio, ya estoy ahí; quietos se quedan los caballos; la nevada ha cesado; luz de luna alrededor; los padres del enfermo salen precipitadamente de la casa; la hermana los sigue; me bajan casi en volandas del coche; no saco nada en claro de sus confusos parlamentos; en la habitación del enfermo el aire es casi irrespirable; la estufa descuidada humea; voy a abrir la ventana; pero antes quiero ver al enfermo. Enjuto, sin fiebre, ni frío ni caliente, vacíos los ojos, sin camisa, el joven se incorpora bajo el edredón de plumas, se abraza a mi cuello y me susurra al oído: «Doctor, déjeme morir». Miro a mi alrededor; nadie lo ha oído; los padres, mudos e inclinados hacia delante, aguardan mi dictamen; la hermana ha acercado una silla para mi maletín. Abro el maletín y hurgo entre mis instrumentos; desde la cama, el joven no para de tender las manos hacia mí para recordarme su petición; yo cojo unas pinzas, las examino a la luz de la vela y vuelvo a guardarlas. «Sí», pienso blasfemando, «los dioses ayudan en casos semejantes, envían el caballo que falta, dada la prisa añaden incluso un segundo caballo, y, por si fuera poco, conceden también un mozo de cuadra». Sólo entonces vuelvo a pensar en Rosa. ¿Qué hacer? ¿Cómo salvarla? ¿Cómo sacarla de debajo de ese mozo de cuadra estando a diez millas de ella, con unos caballos indómitos enganchados a mi coche? Y ahora esos caballos, que de algún modo han aflojado las riendas, de golpe abren desde fuera, no sé cómo, las ventanas, mete cada uno la cabeza por una, y observan al enfermo, impertérritos ante el griterío de la familia. «Regresaré ahora mismo», pienso, como si los caballos me invitasen a viajar, pero permito que la hermana, que me cree aturdido por el calor, me quite el abrigo de piel. Me preparan una copa de ron, el viejo me da palmaditas en el hombro, como si el ofrecimiento de su tesoro justificara esa familiaridad. Yo niego con la cabeza; las pocas luces del anciano hacen que me sienta mal; sólo por esa razón rechazo la bebida. La madre está junto a la cama y me atrae hacia allí; yo obedezco, y mientras uno de los caballos lanza un fuerte relincho hacia el techo de la habitación, pego la cabeza al pecho del muchacho, que se estremece bajo mi barba mojada. Se confirma lo que ya sabía: el muchacho está sano, con la irrigación sanguínea algo mala, saturado de café por su solícita madre, pero sano, y lo mejor sería sacarlo de la cama de un empujón. Como no aspiro a reformar el género humano, lo dejo ahí echado. He sido contratado por la autoridad del distrito y cumplo con mi deber hasta el límite, hasta un extremo casi excesivo. Aunque mal pagado, soy generoso y trato de ayudar a los pobres. Todavía he de ocuparme de Rosa, y puede que el joven tenga razón y también yo quiera morir. ¿Qué hago aquí, en este invierno interminable? Mi caballo reventó, y en el pueblo no hay nadie que me preste el suyo. He de sacar mi tiro de la pocilga; si por casualidad no fueran caballos, tendría que enganchar cerdos. Así es. Y con la cabeza hago una señal a la familia. No saben nada de todo esto, y si lo supieran, no se lo creerían. Escribir recetas es fácil, pero entenderse con la gente es en general difícil. Pues bien, mi visita ha llegado a su fin; una vez más, me han vuelto a molestar inútilmente, ya estoy acostumbrado, con ayuda de mi campanilla de noche el distrito entero me martiriza, pero el que esta vez haya debido, además, sacrificar a Rosa, esa hermosa muchacha que ha vivido años en mi casa sin que yo le prestara casi atención... es un sacrificio demasiado grande, y de algún modo tendré que emplear toda suerte de argucias para de momento asimilarlo, para no arremeter contra esta familia, que ni con la mejor buena voluntad podrá devolverme a Rosa. Pero cuando cierro el maletín y hago un gesto para que me alcancen mi abrigo de piel mientras la familia sigue reunida, el padre olisqueando la copa de ron que tiene en la mano, la madre bañada en lágrimas y mordiéndose los labios, probablemente decepcionada por mí —¿qué espera en el fondo la gente?—, y la hermana agitando una toalla ensangrentada, de algún modo estoy dispuesto a admitir, si fuera necesario, que el joven acaso esté enfermo. Me acerco a él, me sonríe —¡ah!, ahora relinchan los dos caballos; en las altas esferas deben de haber decretado, sin duda, que el ruido facilita el reconocimiento médico—, y me doy cuenta, ahora sí, de que el muchacho está enfermo. En su costado derecho, en la zona de la cadera, se ha abierto una herida grande como la palma de una mano. Rosada, con muchos matices, oscura en lo más profundo, más clara hacia los bordes, suavemente granulada, con la sangre distribuida irregularmente, abierta como una mina en pleno día. Tal es su aspecto a distancia. De cerca aparece una nueva complicación. ¿Quién podría mirarla sin dejar escapar un silbido? Unos gusanos del largo y grosor de mi dedo meñique, rosados de por sí y salpicados además de sangre, se retuercen en el interior de la herida, buscando la luz con sus cabecitas blancas y un sinnúmero de patitas. Pobre muchacho, ya nada puede hacerse. He descubierto tu gran herida; esta flor en tu costado acabará contigo. La familia está feliz, me ve en acción; la hermana se lo dice a la madre, la madre al padre, el padre a algunos invitados que, manteniendo el equilibrio con los brazos extendidos, entran de puntillas por el claro de luna de la puerta abierta. «¿Me salvarás?», susurra el joven sollozando, totalmente deslumbrado por la vida de su herida. Así son las gentes de mi comarca. Exigen siempre lo imposible al médico. Han perdido la antigua fe; el cura se queda en casa y deshilacha una tras otra las casullas; pero el médico ha de conseguirlo todo con su tierna mano quirúrgica. Bueno, como queráis: no soy yo quien se ha ofrecido; si me utilizáis con fines sagrados, también lo consentiré; ¡qué más querría yo, viejo médico rural al que han arrebatado su criada! Y entonces vienen la familia y los ancianos del pueblo y me desvisten; un coro escolar con el maestro a la cabeza se instala ante la casa y canta una melodía sumamente sencilla con la siguiente letra:

¡Desnudadlo y curará,
y si no cura, matadlo!
Sólo es un médico, un médico nada más.

Ya estoy desvestido, y con los dedos en la barba y la cabeza gacha, observo muy tranquilo a la gente. Estoy completamente sereno, con pleno dominio de la situación, y así permanezco, pero de nada me sirve, pues ahora me cogen por la cabeza y los pies y me llevan a la cama. Me acuestan contra la pared, al costado de la herida. Luego salen todos de la habitación; la puerta se cierra; el canto enmudece; unas nubes cubren la luna; la ropa de cama me envuelve cálidamente; como sombras oscilan las cabezas de los caballos en el vano de las ventanas. «¿Sabes?», oigo que me dicen al oído, «tengo poca confianza en ti. A ti también te han arrojado aquí desde algún sitio, no has venido por tu propio pie. En vez de ayudarme, estrechas todavía más mi lecho de muerte. Me encantaría arrancarte los ojos». «Así es», digo yo, «es una ignominia. Pero resulta que soy médico. ¿Qué puedo hacer? Créeme, yo tampoco lo tengo fácil». «¿Y quieres que me conforme con esta disculpa? ¡Ah, me temo que sí! Siempre debo conformarme. Con una hermosa herida vine al mundo: ésa fue toda mi dote.» «Joven amigo», digo yo, «tu fallo es no tener visión de conjunto. Yo, que he estado en habitaciones de enfermos en varias leguas a la redonda, te digo: tu herida no es tan mala. Te la hicieron con dos golpes de azadón en ángulo agudo. Muchos ofrecen el costado y apenas si oyen el azadón en el monte, y menos aún cuando se les acerca». «¿Es realmente así o me engañas en el delirio de la fiebre?» «Así es realmente, acepta la palabra de honor de un médico oficial.» Y guardando silencio la aceptó. Pero ya era hora de pensar en mi salvación. Los caballos aún seguían fielmente en sus puestos. En un instante recogí la ropa, el abrigo de piel y el maletín; no quise perder tiempo vistiéndome; si los caballos corrían tanto como en el viaje de ida, saltaría en cierto modo de esta cama a la mía. Obediente, uno de los caballos se apartó de la ventana; arrojé el fardo al carruaje; el abrigo de piel voló demasiado lejos, quedó sujeto a un gancho sólo por una de las mangas. Suficiente. Monté de un salto a uno de los caballos: las riendas sueltas, un caballo apenas enganchado al otro, el carruaje detrás dando tumbos y, por último, el abrigo de piel arrastrándose sobre la nieve. «¡Arre!», dije, pero no hubo galope; lentamente, como ancianos, echamos a andar por el desierto de nieve; largo rato resonó tras de nosotros el nuevo pero errado canto de los niños:

¡Alegraos, pacientes,
os han metido al médico en la cama!

A este paso nunca llegaré a casa; mi floreciente consulta está perdida; un sucesor me roba, pero en vano, pues no puede sustituirme; en mi casa, el repugnante mozo de cuadra hace estragos; Rosa es su víctima; no quiero ni pensarlo. Desnudo, expuesto a la helada de esta época aciaga, con un carruaje terrenal y unos caballos no terrenales, vago por los campos, yo, un hombre viejo. Mi abrigo de piel cuelga detrás del carruaje, pero no puedo alcanzarlo y nadie entre la turba movediza de los pacientes mueve un dedo. ¡Engañado! ¡Engañado! Una vez que se ha seguido la falsa llamada de la campanilla nocturna... ya nada puede hacerse.

En la galería

Si una artista ecuestre frágil y tísica fuera obligada durante meses, sin interrupción, por un director despiadado que blandiera el látigo ante un público incansable, a dar vueltas sobre un caballo vacilante en la pista de un circo, vibrando sobre el caballo, lanzando besos, cimbreando la cintura, y si esta actuación se prolongara bajo el estruendo incesante de la orquesta y los ventiladores hacia un futuro gris que no parara nunca de abrirse, acompañada por oleadas de aplausos que se extinguieran y volvieran a elevarse, producidos por manos que en realidad son martinetes de vapor... tal vez entonces algún joven espectador de la galería bajaría muy deprisa la larga escalera atravesando todo el graderío, se precipitaría en la pista del circo y gritaría ¡alto! entre las fanfarrias de la orquesta siempre dispuesta a acompañar.

Pero como no es así, como una hermosa dama, blanca y roja, entra etérea a través de los cortinajes que descorren ante ella unos altivos criados en librea, como el director, buscando fervorosamente sus ojos, le echa su aliento en posición animal, la sube con cuidado al caballo tordo, como si fuera su nieta predilecta a punto de emprender un peligroso viaje, no logra decidirse a dar la señal con el látigo y al final, dominándose a sí mismo, la da con un restallido, echa a correr junto al caballo con la boca abierta, sigue los saltos de la amazona con mirada penetrante, apenas puede comprender su habilidad, intenta prevenirla con exclamaciones en inglés, exhorta furioso a los palafreneros que sostienen los aros a prestar una atención extremada, antes del gran salto mortal suplica a la orquesta, con los brazos en alto, que guarde silencio, y por último baja a la pequeña del tembloroso caballo, la besa en ambas mejillas y no considera suficiente ningún homenaje del público, mientras ella misma, sostenida por él, irguiéndose de puntillas, rodeada de polvo, con los brazos estirados y la cabecita echada hacia atrás, quiere compartir su dicha con todo el circo...; como esto es así, el espectador de la galería apoya el rostro en la barandilla y, hundiéndose en la marcha final como en un profundo sueño, rompe a llorar sin saberlo.

Un viejo folio

Es como si se hubieran descuidado muchas cosas en la defensa de nuestra patria. Hasta ahora no nos hemos preocupado de ello, limitándonos a hacer nuestro trabajo; pero los acontecimientos de los últimos tiempos nos inquietan.

Tengo un taller de zapatería en la plaza, frente al palacio imperial. En cuanto abro mi tienda con las primeras luces del alba, veo ya los accesos de todas las calles que desembocan aquí ocupados por gente armada. Pero no son nuestros soldados, sino, por lo visto, nómadas del norte. De algún modo para mí incomprensible han conseguido penetrar en la capital que, no obstante, se halla muy alejada de las fronteras. En cualquier caso ahí están; y parecen ser más cada mañana.

Conforme a su naturaleza, acampan al aire libre, pues aborrecen las casas. Se dedican a afilar las espadas, a aguzar las flechas, a hacer ejercicios ecuestres. Han convertido esta plaza tranquila, mantenida siempre escrupulosamente limpia, en una auténtica pocilga. A veces intentamos salir de nuestros negocios y eliminar al menos la basura más conspicua, pero esto ocurre cada vez más raramente, pues el esfuerzo resulta inútil y, además, corremos peligro de acabar bajo los caballos salvajes o ser heridos por las fustas.

Hablar no se puede con los nómadas. No conocen nuestra lengua y apenas tienen una propia. Entre ellos se entienden como los grajos. Todo el tiempo se oye ese graznido de los grajos. Nuestra forma de vida y nuestras instituciones les son tan inconcebibles como indiferentes. Por eso también se muestran reacios a cualquier intento de entenderse por señas. Ya puedes dislocarte las mandíbulas o torcerte manos y muñecas, no te entienden ni te entenderán jamás. Muchas veces hacen muecas, ponen los ojos en blanco y echan espuma por la boca, pero con ello no quieren decir nada ni tampoco asustar; lo hacen porque es su modo de ser. Toman lo que necesitan. No puede decirse que empleen la violencia. Antes de que ellos actúen uno se hace a un lado y les entrega todo.

También de mis provisiones se han llevado más de una buena pieza. Aunque no puedo quejarme si veo, por ejemplo, cómo le va al carnicero de enfrente. Nada más llegarle la mercancía, todo le es arrebatado y devorado por los nómadas. Sus caballos también comen carne; a menudo se ve a un jinete tumbado junto a su caballo y los dos se alimentan del mismo trozo de carne, cada uno por un extremo. El carnicero tiene miedo y no se atreve a poner fin a los suministros de carne. Nosotros nos hacemos cargo, reunimos dinero y lo ayudamos. Si los nómadas se quedaran sin carne, quién sabe lo que se les ocurriría hacer; de todas formas, quién sabe qué puede ocurrírseles aun teniendo carne cada día.

Hace poco, el carnicero pensó que al menos podría ahorrarse el esfuerzo de la matanza, y por la mañana trajo un buey vivo. Que no se le ocurra volver a hacerlo. Me estuve una hora larga en la parte de atrás de mi taller, tumbado en el suelo, cubierto con todas mis ropas, mantas y almohadas con tal de no oír los mugidos del buey, al que los nómadas atacaban por todas partes para arrancarle trozos de carne caliente a dentelladas. La calma ya reinaba hacía rato cuando me atreví a salir; como bebedores alrededor de un barril de vino yacían allí, exhaustos, en torno a los restos del buey.

Precisamente en esa ocasión creí ver al emperador en persona asomado a una de las ventanas del palacio; normalmente nunca se llega hasta los aposentos exteriores, vive siempre en el jardín más recóndito; pero en aquella ocasión estaba —al menos así me lo pareció— de pie ante una de las ventanas y miraba con la cabeza gacha lo que ocurría frente a su castillo.

«¿En qué acabará todo esto?», nos preguntamos todos. «¿Cuánto tiempo aguantaremos esta carga y este suplicio? El palacio imperial ha atraído a los nómadas, pero no sabe cómo expulsarlos. El portón permanece cerrado; la guardia, que antes solía entrar y salir marchando solemnemente, se mantiene ahora tras las ventanas enrejadas. La salvación de la patria nos ha sido encomendada a nosotros, artesanos y comerciantes, pero no estamos a la altura de semejante misión ni nos hemos jactado nunca de poder cumplirla. Es un malentendido y será nuestra perdición.»

Ante la ley

Ante la Ley hay un guardián. Hasta ese guardián llega un hombre del campo y le pide ser admitido en la Ley. Pero el guardián dice que por ahora no le puede permitir la entrada. El hombre se queda pensando y pregunta si le permitirán entrar más tarde. «Es posible», dice el guardián, «pero ahora no». Viendo que la puerta de acceso a la Ley está abierta como siempre y el guardián se hace a un lado, el hombre se inclina para mirar al interior a través de la puerta. Cuando el guardián lo advierte, se echa a reír y dice: «Si tanto te atrae, intenta entrar pese a mi prohibición. Pero ten presente que yo soy poderoso. Y sólo soy el guardián de menor rango. Entre sala y sala hay más guardianes, cada cual más poderoso que el anterior. Ya el aspecto del tercero no puedo soportarlo ni yo mismo». Con semejantes dificultades no había contado el hombre del campo; la Ley ha de ser accesible siempre y a todos, piensa, pero cuando observa con más detenimiento al guardián envuelto en su abrigo de pieles, con su gran nariz puntiaguda, su larga barba tártara, rala y negra, decide que es mejor esperar hasta conseguir el permiso de entrada. El guardián le acerca un taburete y le permite sentarse al lado de la puerta. Allí se queda sentado días y años. Hace muchos intentos por ser admitido, y cansa al guardián con sus ruegos. El guardián lo somete con frecuencia a pequeños interrogatorios, le pregunta sobre su país y muchas otras cosas, pero son preguntas hechas con indiferencia, como las que hacen los grandes señores, y al final le repite una y otra vez que aún no puede dejarlo entrar. El hombre, que se había provisto de muchas cosas para su viaje, lo utiliza todo, por valioso que sea, para sobornar al guardián. Éste le acepta todo, pero al hacerlo dice: «Lo acepto sólo para que no creas que no lo intentaste todo». Durante esos largos años el hombre observa al guardián casi ininterrumpidamente. Se le olvidan los otros guardianes y este primero le parece el único obstáculo para entrar en la Ley. Durante los primeros años maldice el lamentable azar en voz alta y sin miramientos; más tarde, a medida que envejece, ya sólo farfullando para sus adentros. Se comporta como un niño y como al estudiar al guardián durante tantos años ha llegado a conocer incluso a las pulgas del cuello de su abrigo de piel, también pide a las pulgas que lo ayuden y hagan cambiar de opinión al guardián. Por último se le debilita la vista y ya no sabe si la oscuridad reina de verdad a su alrededor o sólo son sus ojos que lo engañan. Pero entonces advierte en medio de la oscuridad un resplandor que, inextinguible, sale por la puerta de la Ley. Le queda poco tiempo de vida. Antes de su muerte se le acumulan en la cabeza todas las experiencias vividas aquel tiempo hasta concretarse en una pregunta que todavía no le había hecho al guardián. Le indica por señas que se acerque, pues ya no puede incorporar su rígido cuerpo. El guardián tiene que inclinarse profundamente hacia él, porque la diferencia de tamaño entre ambos ha variado muy en detrimento del hombre. «¿Qué más quieres saber ahora?», pregunta el guardián, «eres insaciable». «Todos aspiran a entrar en la Ley», dice el hombre, «¿cómo es que en tantos años nadie más que yo ha solicitado entrar?». El guardián advierte que el hombre se aproxima ya a su fin y, para llegar aún a su desfalleciente oído, le ruge: «Nadie más podía conseguir aquí el permiso, pues esta entrada sólo estaba destinada a ti. Ahora me iré y la cerraré».

Chacales y árabes

Habíamos acampado en el oasis. Los compañeros dormían. Un árabe alto y blanco pasó junto a mí; venía de dar de comer a los camellos e iba a acostarse.

Me tumbé de espaldas sobre la hierba; quería dormir; no podía; el aullido lastimero de un chacal en la lejanía; volví a incorporarme. Y lo que había estado tan lejos estuvo de pronto cerca. Un hervidero de chacales a mi alrededor; ojos de oro mate que refulgían y se apagaban; cuerpos delgados moviéndose ágil y acompasadamente, como bajo un látigo.

Uno de ellos se acercó por detrás, se estrechó contra mí bajo mi brazo, como si necesitara mi calor, luego se plantó frente a mí y me habló, mirándome casi de hito en hito:

«Soy el chacal más viejo en varias leguas a la redonda. Me alegro de poder aún saludarte aquí. Casi había perdido la esperanza, pues llevamos una eternidad esperándote; mi madre te esperó, y su madre y todas las madres anteriores hasta llegar a la madre de todos los chacales. ¡Créelo!».

«Me extraña», dije y olvidé encender el montón de leña preparado para alejar con su humo a los chacales, «me extraña mucho oír eso. Sólo por azar he venido desde el remoto norte y estaré de viaje poco tiempo. ¿Qué es lo que deseáis, chacales?».

Y como animados por estas palabras, acaso demasiado amables, estrecharon el círculo a mi alrededor; todos respiraban entrecortadamente y jadeando.

«Sabemos», empezó el más viejo, «que vienes del norte, y en esto se basa precisamente nuestra esperanza. Allí tienen discernimiento, cosa imposible de encontrar aquí entre los árabes. Sabes, de su fría altivez no se puede arrancar una sola chispa de discernimiento. Matan animales para comérselos y menosprecian la carroña».

«No hables tan alto», dije, «hay árabes durmiendo cerca».

«Eres de verdad un extranjero», dijo el chacal, «de lo contrario sabrías que jamás en la historia del mundo un chacal le ha temido a un árabe. ¿Por qué habríamos de temerlos? ¿No es acaso desgracia suficiente el que vivamos relegados entre semejante pueblo?».

«Puede ser, puede ser», dije, «no me tomo la libertad de opinar sobre cosas que me resultan tan lejanas; parece ser un conflicto muy antiguo; debe de llevarse en la sangre y quizá sólo termine con sangre».

«Eres muy listo», dijo el viejo chacal; y todos respiraron aún más deprisa, con los pulmones agitados pese a estar quietos; un olor amargo, a ratos sólo soportable apretando los dientes, emanaba de sus fauces abiertas. «Eres muy listo; lo que dices se corresponde con nuestra antigua doctrina. Los dejaremos sin sangre y se acabará el conflicto.»

«¡Oh!», dije con más violencia de la que hubiera querido, «se defenderán, os matarán en manada con sus escopetas».

«Nos malinterpretas a la usanza humana», dijo, «que por lo visto tampoco se pierde en el remoto norte. No los mataremos. El Nilo no tendría agua suficiente para purificarnos. Y es que nosotros huimos ante la simple visión de sus cuerpos vivos, en busca de un aire más puro, al desierto, que por eso es nuestra patria».

Y todos los chacales que había en derredor, a los que entretanto se habían sumado muchos más venidos de lejos, hundieron las cabezas entre las patas delanteras y se las limpiaron con las zarpas; era como si quisieran ocultar una repugnancia tan terrible que de buena gana habría yo huido de su círculo dando un gran salto.

«¿Y qué pensáis hacer entonces?», pregunté intentando levantarme; pero no pude; dos cachorros me habían aferrado por detrás la chaqueta y la camisa con los dientes; tuve que permanecer sentado. «Te sostienen la cola», dijo el chacal viejo en tono serio y aclaratorio, «una señal de respeto». «¡Que me suelten!», grité volviéndome ora al viejo, ora a los jóvenes. «Por supuesto que lo harán», dijo el viejo, «si tú lo pides. Pero tardarán un ratito, pues siguiendo la costumbre han mordido con fuerza y sólo pueden separar los colmillos lentamente. Entretanto, escucha nuestro ruego». «Vuestro comportamiento no me predispone mucho a ello», dije. «No nos hagas expiar nuestra torpeza», dijo recurriendo por primera vez al tono lastimero de su voz natural, «somos animales pobres, sólo tenemos nuestros dientes; para todo lo que queremos hacer, lo bueno y lo malo, únicamente contamos con los dientes». «¿Y qué es lo que quieres?», pregunté, sólo levemente apaciguado.

«Señor», exclamó, y todos los chacales lanzaron un aullido: en la más remota lontananza me pareció una melodía. «Señor, debes poner fin a esta disputa que ha escindido al mundo. Tal y como eres tú describieron nuestros antepasados a aquel que lo haría. Queremos que los árabes nos dejen en paz; aire respirable; que el horizonte visible quede limpio de ellos; no oír los lamentos del carnero que el árabe sacrifica; que todos los animales revienten en paz; que podamos bebernos su sangre y dejar sus huesos mondos sin ser molestados. Limpieza, sólo limpieza queremos», y todos rompieron a llorar y sollozar, «¿cómo puedes soportar tú este mundo, tú, noble corazón y dulces entrañas? Inmundicia es su blancura; inmundicia es su negrura; un espanto son sus barbas; entran ganas de escupir al verles el rabillo del ojo; y cuando levantan el brazo, en su axila se abre el infierno. Por eso, ¡oh, señor!, por eso, ¡oh, caro señor!, con ayuda de tus omnipotentes manos, con ayuda de tus omnipotentes manos ¡córtales el gaznate con estas tijeras!». Y obedeciendo a una señal de su cabeza se acercó un chacal en uno de cuyos colmillos llevaba unas pequeñas tijeras de coser cubiertas de óxido viejo.

«¡Ah, por fin las tijeras; ahora sí que se acabó!», exclamó el guía árabe de nuestra caravana que, con el viento en contra, se había deslizado hasta nosotros y blandía ahora su gigantesco látigo.

Todos se dispersaron en un santiamén, pero a cierta distancia se detuvieron, pegados unos contra otros, un montón de animales tan rígidos y apiñados que parecían un estrecho redil rodeado de fuegos fatuos.

«¿De modo que tú también, señor, has visto y oído este espectáculo?», dijo el árabe y se rió tan alegremente como se lo permitía el carácter reservado de su raza. «¿Tú también sabes lo que quieren esos animales?», pregunté. «Por supuesto, señor», dijo él, «es de todos sabido; mientras haya árabes, estas tijeras recorrerán el desierto y seguirán recorriéndolo con nosotros hasta el final de los tiempos. A todo europeo les son ofrecidas para la gran obra; cualquier europeo les parece ser precisamente el elegido. Una absurda esperanza la de estos animales; locos, son auténticos locos. Por eso los queremos; son nuestros perros; más hermosos que los vuestros. Fíjate, esta noche murió un camello y lo he hecho traer aquí».

Se acercaron cuatro cargadores y arrojaron a nuestros pies el pesado cadáver. No bien estuvo allí tendido, los chacales elevaron sus voces. Como si una cuerda tirase irresistiblemente de cada uno de ellos, se fueron acercando a trompicones, rozando el suelo con el vientre. Habían olvidado a los árabes, habían olvidado su odio, hechizados por la presencia de ese cadáver que exhalaba un vaho intenso y lo borraba todo. Uno ya se le había prendido al cuello y al primer mordisco encontró la yugular. Como una bomba pequeña y furibunda, dispuesta a extinguir un devastador incendio de manera tan obstinada como infructuosa, cada músculo de su cuerpo se estiraba y contraía sin moverse del sitio. Y pronto se amontonaron todos sobre el cadáver, entregados a la misma tarea.

Entonces el guía abatió con fuerza el cortante látigo a diestro y siniestro sobre ellos. Levantaron las cabezas entre embriagados e impotentes; vieron a los árabes de pie ante ellos; empezaron a sentir el látigo sobre sus hocicos; se retiraron de un salto y retrocedieron un trecho. Pero la sangre del camello ya había formado charcos y humeaba, y el cuerpo presentaba amplios desgarrones en varios sitios. No pudieron resistirlo; ya estaban ahí otra vez; de nuevo alzó el guía su látigo; yo le sujeté el brazo.

«Tienes razón, señor», me dijo, «dejémoslos con su tarea; además, es hora de partir. Ya los has visto. Curiosos animales, ¿verdad? ¡Y cómo nos detestan!».

Una visita a la mina

Hoy han estado abajo, con nosotros, los ingenieros de mayor rango. La dirección ha debido de encargar que se excaven nuevas galerías y por eso han bajado los ingenieros, para efectuar las primeras mediciones. ¡Qué jóvenes son y, al mismo tiempo, qué distintos! Todos han crecido en libertad, y su personalidad claramente definida se muestra ya sin trabas en los años mozos.

Uno de pelo negro, vivaz, deja que sus ojos lo recorran todo.

Un segundo, provisto de una libreta de apuntes, va tomando notas al caminar, mira a su alrededor, compara, anota.

Un tercero, con las manos en los bolsillos de la chaqueta, de suerte que todo él parece tenso, avanza muy erguido; conserva su dignidad; sólo al mordisquearse continuamente los labios revela su impaciente juventud, imposible de reprimir.

Un cuarto da al tercero explicaciones que éste no le pide; más pequeño que él, mientras camina a su lado como si quisiera tentarlo, parece recitarle, con el dedo índice siempre en el aire, una letanía sobre todo lo que hay que ver aquí.

Un quinto, acaso el de mayor rango, no tolera compañía alguna; tan pronto está delante como detrás; el grupo adapta su paso al de él; es pálido y débil; la responsabilidad le ha ahondado los ojos; a ratos se oprime la frente con la mano cuando reflexiona.

El sexto y el séptimo andan un poco encorvados, las cabezas muy próximas, cogidos del brazo, conversando familiarmente; si esto no fuera a todas luces nuestra mina de carbón y nuestro lugar de trabajo en la galería más profunda, podría pensarse que estos señores huesudos, sin barba, de nariz bulbosa, son jóvenes religiosos. Uno de ellos se ríe para sus adentros, en general con un ronroneo gatuno; el otro, igualmente sonriente, lleva la palabra y marca algo parecido a un compás con su mano libre. ¡Qué seguros tienen que estar esos dos señores de su posición! ¡Qué méritos han de haber hecho ya, pese a su juventud, en nuestra mina, para que aquí, en una inspección tan importante y bajo la mirada de su jefe, puedan ocuparse tan imperturbablemente de cosas personales, o al menos de asuntos que nada tienen que ver con la misión actual! ¿O será acaso posible que, pese a todas sus risas y su falta de atención, se den perfecta cuenta de lo que hace falta? Uno apenas se atreve a pronunciar un juicio concreto sobre esa clase de señores.

Por otro lado, no cabe la menor duda de que el octavo, por ejemplo, se halla incomparablemente más entregado a su tarea que éstos, e incluso que todos los otros señores. Ha de ir tocando y golpeteándolo todo con un martillito que a cada rato se saca del bolsillo y vuelve a guardarse en él. A veces se arrodilla en la mugre pese a llevar un traje elegante y golpea el suelo, haciendo luego otro tanto, ya sin detenerse, con las paredes o el techo por encima de su cabeza. En una ocasión se tumbó en el suelo y permaneció un rato inmóvil; nosotros ya pensábamos que había ocurrido una desgracia, pero de pronto se incorporó con un leve estremecimiento de su esbelto cuerpo. Sólo se trataba de una nueva exploración. Creemos conocer nuestra mina y sus piedras, pero lo que aquel ingeniero explora aquí una y otra vez de esa manera nos resulta incomprensible.

Un noveno avanza empujando una especie de cochecito de niño en el que lleva instrumentos de medición, unas herramientas sumamente costosas, muy envueltas en una guata suavísima. Quien debería empujar aquel carrito es, en realidad, el ordenanza, pero no se lo confían; han tenido que contratar a un ingeniero y, por lo que se ve, éste lo hace con gusto. Es sin duda el más joven, y acaso no entienda aún todos los instrumentos, pero su mirada reposa permanentemente sobre ellos, por lo que a veces casi corre el riesgo de golpear el carrito contra alguna pared.

Pero hay otro ingeniero que avanza junto al carrito y se lo impide. Por lo visto, éste conoce a fondo los instrumentos y parece ser su verdadero custodio. De rato en rato, sin detener el carrito, saca alguna de las piezas, mira a través de ella, la enrosca o desenrosca, la sacude y golpea, se la lleva al oído y escucha con atención; por último, y mientras el que empuja el cochecito se detiene, las más veces vuelve a colocar en él con gran cuidado el minúsculo objeto, apenas visible desde lejos. Un poco autoritario es este ingeniero, aunque sólo en nombre de los instrumentos. A diez pasos por delante del carrito tenemos que apartarnos a una simple señal de su dedo, hecha sin decir palabra, incluso allí donde no haya lugar para apartarse.

Detrás de estos dos señores avanza el desocupado ordenanza. Los señores, como es lógico dado su enorme saber, han depuesto hace ya tiempo toda arrogancia; el ordenanza, en cambio, parece haberla acumulado en su persona. Con una mano a la espalda y la otra delante, apoyada sobre sus botones dorados o acariciando el fino paño de su librea, saluda a menudo inclinando la cabeza a derecha e izquierda, como si lo hubiéramos saludado y él nos respondiera, o como si supusiera que lo hemos saludado pero no pudiera comprobarlo desde su altura. Por supuesto que no lo saludamos, pero al verlo casi podría creerse que ser ordenanza de la dirección de la mina es algo extraordinario. Cierto es que nos reímos a sus espaldas, pero como ni el estampido de un trueno podría animarlo a volverse, sigue siendo algo incomprensible a nuestro juicio.

Hoy no se trabajará mucho más; la interrupción ha sido demasiado larga; una visita semejante arrambla con todas las intenciones de trabajar. Resulta excesivamente tentador seguir a esos señores con la mirada hasta la oscuridad de la galería de prueba en la que han desaparecido todos. Además, nuestro turno terminará pronto; ya no asistiremos al retorno de los señores.

La aldea más cercana

Mi abuelo solía decir: «La vida es asombrosamente breve. Ahora, en el recuerdo, se me condensa tanto que apenas logro comprender, por ejemplo, cómo un joven puede decidirse a cabalgar hasta la aldea más cercana sin temer que —dejando aparte cualquier calamidad— ni aun el transcurso de una vida feliz y corriente alcance ni de lejos para semejante cabalgata».

Un mensaje imperial

El emperador —eso dicen— te ha enviado a ti, un individuo, un lamentable súbdito, una sombra diminuta refugiada ante el sol imperial en la más lejana de las lejanías, precisamente a ti te ha enviado el emperador un mensaje desde su lecho de muerte. Hizo arrodillar al mensajero junto al lecho y le susurró el mensaje al oído; tanto le importaba, que se lo hizo repetir al oído. Con un gesto de la cabeza corroboró la exactitud de lo dicho. Y ante todos los espectadores de su muerte —se han derribado todas las paredes que impedían la vista, y los grandes del reino se hallan reunidos en círculo en las anchas escalinatas que serpentean hacia lo alto—, ante todos ellos despidió al mensajero. Éste se puso en camino de inmediato; un hombre fuerte, infatigable; extendiendo ora un brazo, ora el otro, se abre paso entre la multitud; si encuentra resistencia se señala el pecho, donde lleva el signo del sol; avanza con más facilidad que ningún otro. Pero es tan grande la multitud; sus aposentos no acaban nunca. Si ante él tuviese el campo abierto, cómo volaría, y pronto oirías el espléndido golpeteo de sus puños contra tu puerta. Pero en vez de eso, ¡qué inútilmente se esfuerza! Aún se está abriendo camino por las estancias del palacio más recónditas; nunca las dejará atrás; y aunque lo consiguiera, no se habría ganado nada; tendría que seguir luchando escaleras abajo; y aunque lo consiguiera, no se habría ganado nada; tendría que atravesar los patios; y después de los patios, el segundo palacio circundante; y otra vez escaleras y patios; y otra vez un palacio; y así a lo largo de milenios; y si al final se precipitara fuera por el portón exterior —aunque eso jamás podrá ocurrir, jamás—, sólo tendría delante la capital, sede de la corte, el centro del mundo, repleta hasta los topes de sus propios desechos. Nadie logra penetrar allí, y menos aún con el mensaje de un muerto... Pero tú, sentado al pie de tu ventana, sueñas con él cuando cae la tarde.

La preocupación del padre de familia

Unos dicen que la palabra *Odradek* proviene del eslavo e intentan, basándose en ello, documentar su formación. Otros, en cambio, opinan que procede del alemán y sólo recibió influencia del eslavo. No obstante, la imprecisión de ambas interpretaciones permite deducir con razón que ninguna es cierta, sobre todo porque con ninguna de las dos puede encontrarse un sentido a la palabra.

Claro está que nadie se entregaría a semejantes estudios si no existiera de verdad un ser llamado Odradek. A primera vista se asemeja a un carrete de hilo plano y en forma de estrella, y, de hecho, también parece que estuviera recubierto de hilo; aunque a decir verdad sólo podría tratarse de trozos de hilo viejos y rotos, de los más diversos tipos y colores, anudados entre sí, pero también inextricablemente entreverados. Pero no es tan solo un carrete, sino que del centro de la estrella surge una pequeña varilla transversal a la cual se une otra en ángulo recto. Con ayuda de esta última varilla a uno de los lados, y de una de las puntas de la estrella al otro, el conjunto puede mantenerse erguido como sobre dos patas.

Uno sentiría la tentación de creer que este artilugio pudo tener en otro tiempo una forma funcional y ahora está simplemente roto. Mas no parece ser este el caso; por lo menos no hay nada que lo demuestre; en ningún punto se ven añadidos ni fracturas que apunten a algo semejante; el conjunto parece, es verdad, carente de sentido, pero también perfecto en su género. Más detalles no se pueden decir sobre el particular, pues Odradek posee una movilidad extraordinaria y no se deja atrapar.

Se instala por turno en el desván, en la caja de la escalera, en los pasillos o en el vestíbulo. A veces no se deja ver durante meses; seguro que se ha trasladado a otras casas; aunque acaba volviendo infaliblemente a la nuestra. Algunas veces, cuando uno va a salir y se lo encuentra abajo, apoyado en la barandilla de la escalera, siente ganas de hablarle. Claro está que no le hace preguntas difíciles, sino que lo trata —sus minúsculas dimensiones invitan a hacerlo— como a un niño. «¿Cómo te llamas?», le pregunta uno. «Odradek», dice. «¿Y dónde vives?» «Domicilio indeterminado», dice, y se ríe; pero es sólo una risa como la que puede producir alguien sin pulmones. Suena más o menos como un crujir de hojas caídas. Y así suele concluir la conversación. Además, ni siquiera estas respuestas pueden obtenerse siempre; a menudo permanece mudo largo tiempo, como la madera de la que parece estar hecho.

En vano me pregunto qué sucederá con él. ¿Podrá morir? Todo lo que muere ha tenido antes una especie de objetivo, una especie de actividad que lo ha desgastado; esto no puede aplicarse a Odradek. ¿Seguirá, pues, rodando en un futuro escaleras abajo con su cola de hilos sueltos a los pies de mis hijos y de los hijos de mis hijos? Es evidente que no hace daño a nadie; pero la idea de que pueda sobrevivirme me resulta casi dolorosa.

Once hijos

Tengo once hijos.

El primero tiene muy poca presencia, pero es serio y listo; pese a ello, y aunque como hijo lo quiero igual que a todos los demás, no lo tengo en gran estima. Su forma de pensar me parece demasiado simple. No mira a la derecha ni a la izquierda, ni tampoco a lo lejos; está siempre dando vueltas, o, mejor dicho, girando en su estrecho círculo de ideas.

El segundo es hermoso, esbelto, bien plantado; resulta fascinante verlo con el florete en posición de guardia. Él también es listo, pero además, experimentado; ha visto muchas cosas, y por eso parece que hasta la naturaleza del propio país le hablara más familiarmente que a los que nunca han salido fuera. Sin embargo, este privilegio no se debe tan solo, y ni siquiera en primer lugar, al hecho de haber viajado; se cuenta más bien entre los inimitables atributos de este hijo, reconocidos, por ejemplo, por todo el que pretende imitar su salto de trampolín al agua, que incluye múltiples volteretas en el aire y, no obstante, es dominado con fogosa maestría. Hasta el extremo del trampolín llegan el valor y las ganas del imitador, que, una vez allí, se sienta de pronto en vez de saltar, y alza los brazos como disculpándose... Y pese a todo (pues en realidad debería sentirme feliz de semejante hijo), mi relación con él no deja de tener sus lados turbios. Su ojo izquierdo es un poco más pequeño que el derecho y parpadea mucho; tan solo un defecto mínimo, sin duda, que vuelve su rostro incluso más audaz de lo que normalmente hubiera sido, y nadie, frente a la inaccesible perfección de su persona, señalaría con actitud reprobatoria ese ojo más pequeño y parpadeante. Yo, su padre, lo hago. Claro que no es este defecto físico lo que me duele, sino una pequeña irregularidad de su espíritu que, de algún modo, se corresponde con él, cierto veneno que recorre su sangre, cierta incapacidad para realizar plenamente unos talentos naturales que yo soy el único en ver. Eso mismo es, por otro lado, lo que hace de él mi verdadero hijo, pues este defecto suyo es a la vez el defecto de toda nuestra familia, sólo que resulta más acusado en este hijo.

El tercer hijo es asimismo hermoso, pero no es el tipo de belleza que me gusta. Es la belleza del cantante: la boca arqueada; el ojo soñador; la cabeza que necesita un cortinaje detrás para hacerse valer; el pecho desmedidamente abombado; las manos que se alzan con facilidad y vuelven a caer con excesiva facilidad; las piernas que se mueven con afectación porque no son capaces de aguantar. Y, además, el tono de su voz no es pletórico; engaña un instante; hace que el conocedor aguce el oído, pero se agota al poco rato... Pese a que, en general, todo invita a hacer gala de este hijo, prefiero mantenerlo escondido; él mismo tampoco intenta imponerse, mas no porque conozca sus defectos, sino por inocencia. También se siente extraño en nuestra época; como si perteneciera a mi familia, pero además, a otra, a la que hubiera perdido para siempre; suele estar desanimado y nada consigue alegrarlo.

Mi cuarto hijo es quizá el más sociable de todos. Un verdadero hijo de su tiempo, se hace comprender por todo el mundo, se mueve en un terreno común a todos, y el que menos se siente tentado a saludarlo con una inclinación de la cabeza. Tal vez debido a este reconocimiento general su personalidad haya adquirido cierta ligereza, sus movimientos tengan cierta libertad y sus juicios cierta desenvoltura. Uno querría repetir a menudo algunos de sus dichos, aunque sólo algunos, pues en su conjunto él mismo padece de una ligereza demasiado grande. Es como alguien que pega un salto digno de admiración, surca el aire como una golondrina, pero luego acaba miserablemente hundido en el polvo, una nada. Tales pensamientos me amargan la visión de este hijo.

El quinto hijo es bueno y cariñoso; prometía mucho menos de lo que ha cumplido; era tan insignificante que uno se sentía francamente solo en su presencia; no obstante, ha logrado adquirir cierto prestigio. Si me preguntasen cómo, apenas podría dar una respuesta. Quizá sea la inocencia la que con más facilidad se abre paso entre la furia de los elementos de este mundo, y él es inocente. Quizá demasiado inocente. Amable con todo el mundo. Quizá demasiado amable. Confieso que no me siento bien cuando alguien lo elogia delante de mí. Elogiar a alguien tan manifiestamente digno de elogio como mi hijo supone ser demasiado pródigo en el elogio.

Mi sexto hijo parece, al menos a primera vista, el más caviloso de todos. Un melancólico y, sin embargo, un parlanchín. De ahí que sea un hueso duro de roer. Si lleva las de perder, se sume en una invencible tristeza; si en cambio consigue imponerse, entonces no para de charlar. No le niego, sin embargo, cierto apasionamiento abnegado; en pleno día suele debatirse entre sus pensamientos como en sueños. Sin estar enfermo —más bien goza de muy buena salud—, a veces se tambalea, sobre todo al crepúsculo; pero no necesita ayuda, no se cae. Quizá el culpable de este fenómeno sea su desarrollo físico, es demasiado alto para su edad. Eso lo afea en líneas generales, pese a ciertos detalles que llaman la atención por su belleza, en los pies y las manos, por ejemplo. Fea es también, además, su frente, de algún modo atrofiada tanto en la piel como en la forma de los huesos.

El séptimo hijo me pertenece quizá más que todos los demás. El mundo no sabe apreciarlo; no entiende su peculiar forma de ingenio. No es que yo lo sobrevalore; ya sé que es bastante insignificante; si el mundo no tuviera otro fallo que el de no saber apreciarlo, seguiría siendo impecable. Pero dentro de la familia no me gustaría pasarme sin este hijo. Aporta inquietud a la vez que respeto por la tradición, y conjuga ambas cosas —al menos es la sensación que me da— en un todo incontestable. Claro que es quien menos sabe qué hacer con ese todo; no pondrá en marcha la rueda del futuro; pero este temperamento suyo es tan estimulante, tan esperanzador; me gustaría que tuviese hijos, y que éstos, a su vez, tuviesen hijos. Por desgracia, este deseo no parece que vaya a realizarse. Con una autocomplacencia que me resulta tan comprensible como indeseable, y que, además, se halla en abierta contradicción con el juicio de su entorno, él va por ahí en solitario, no hace mayor caso de las chicas y, sin embargo, jamás perderá su buen humor.

Mi octavo hijo es el objeto de mis pesares, y la verdad es que desconozco el motivo. Me mira como a un extraño, pese a que yo me siento paternalmente unido a él. El tiempo ha arreglado muchas cosas, pero antes me echaba a veces a temblar con sólo pensar en él. Sigue su propio camino; ha roto todos los vínculos conmigo; y seguro que con su cabeza dura, con su pequeño cuerpo atlético —de jovencito sólo tenía débiles las piernas, algo que quizá se haya compensado entretanto—, saldrá adelante donde le plazca. Muchas veces he tenido ganas de llamarlo, de preguntarle cómo le iban las cosas, por qué se aislaba tanto de su padre y cuáles eran, en el fondo, sus intenciones; pero ahora está tan lejos y ha pasado tanto tiempo que vale más dejarlo todo como está. He oído decir que es el único de mis hijos que lleva barba cerrada, lo cual seguro que no resulta nada atractivo en un hombre tan bajo.

Mi noveno hijo es muy elegante y tiene esa mirada dulce que gusta a las mujeres. Tan dulce que en ocasiones puede seducirme incluso a mí, que sé que basta con una simple esponja mojada para borrar todo ese esplendor ultraterreno. Lo curioso de este muchacho es, sin embargo, que no tiene la menor intención de seducir; le bastaría con pasarse toda la vida tumbado en el sofá y prodigar su mirada por el techo de la habitación o, mucho mejor aún, dejarla reposar bajo los párpados. Cuando está en esa posición, que es su preferida, habla con gusto y no lo hace nada mal, con concisión y expresividad, aunque dentro de estrechos límites; si los rebasa —cosa inevitable dada su estrechez—, su discurso se vuelve totalmente vacío. Uno le indicaría por señas que no siguiera si tuviera alguna esperanza de que esa mirada soñolienta pudiese notarlo.

Mi décimo hijo pasa por tener un carácter insincero. No quiero desmentir ni tampoco confirmar totalmente este defecto. Una cosa es segura: quien lo ve acercarse con esa solemnidad que está muy por encima de su edad, con su levita siempre bien abotonada y su sombrero negro, viejo, pero escrupulosamente cepillado, con el rostro inmóvil, la barbilla algo prominente, los párpados que se arquean, pesados, sobre los ojos, y los dos dedos que a veces se lleva a la boca, quien lo ve así piensa: «Éste es un hipócrita redomado». ¡Pero hay que oírlo hablar! Juicioso; circunspecto; parco en palabras; abortando preguntas con maligna vivacidad; en una asombrosa, evidente y jovial armonía con el universo; una armonía que forzosamente hace tensar el cuello y alzar la cabeza. Con su palabra ha atraído a muchos que se creían muy listos y por este motivo, según ellos, se sentían repelidos por su aspecto físico. Aunque también hay otros a los que su aspecto físico deja indiferentes, pero que encuentran su palabra hipócrita. Yo, como padre, no quiero pronunciarme al respecto, pero debo confesar que estos últimos enjuiciadores son, en cualquier caso, más dignos de atención que los primeros.

Mi undécimo hijo es tierno, sin duda el más débil de mis hijos; pero su debilidad engaña; y aunque a veces puede ser fuerte y decidido, la debilidad es, de algún modo, determinante incluso en esos casos. No es, sin embargo, una debilidad humillante, sino algo que sólo parece debilidad en esta nuestra tierra. ¿No es también una debilidad la disponibilidad a alzar el vuelo, por ejemplo, ya que es vacilación, incertidumbre y aleteo? Algo similar se evidencia en mi hijo. Claro que al padre no le hacen gracia semejantes atributos; tienden manifiestamente a la destrucción de la familia. A veces me mira como queriendo decirme: «Te llevaré conmigo, padre». Yo pienso entonces: «Eres el último en quien confiaría». Y su mirada parece replicar: «Pues ya es mucho que sea el último».

Éstos son mis once hijos.

Un fratricidio

Se ha demostrado que el crimen ocurrió de la siguiente manera:

Schmar, el asesino, se apostó sobre las nueve de una noche de luna clara en aquella esquina por la que Wese, la víctima, tenía que doblar desde la calle donde quedaba su despacho hacia la calle en la cual vivía.

Frío aire nocturno, que haría estremecer a cualquiera. Pero Schmar sólo llevaba puesto un ligero traje azul; la americana estaba, además, desabrochada. No sentía frío; y no paraba de moverse todo el tiempo. Empuñaba con firmeza el arma del crimen, mitad bayoneta, mitad cuchillo de cocina, totalmente desenfundada. Observó el cuchillo a la luz de la luna; la hoja lanzó un destello; no fue suficiente para Schmar; la restregó contra los adoquines del pavimento hasta que soltó chispas; quizá se arrepintió, y para reparar el daño, la frotó contra la suela de su bota como el arco de un violín, mientras él, apoyado en una sola pierna e inclinado hacia delante, prestaba oído al mismo tiempo al sonido del cuchillo contra la bota y a la fatídica calle lateral.

¿Por qué toleró todo eso el rentista Pallas, que lo observaba todo muy de cerca, desde su ventana en el segundo piso? ¡Vaya usted a indagar la naturaleza humana! Con la bata ceñida al ancho cuerpo y el cuello levantado, meneando la cabeza, miraba hacia abajo.

Y cinco casas más allá, en diagonal con respecto a él, la señora Wese, con un abrigo de piel de zorro sobre el camisón, buscaba con la mirada a su marido, que ese día tardaba más de lo habitual.

Por fin suena la campanilla de la puerta del despacho de Wese, demasiado fuerte para ser la campanilla de una puerta, y el eco recorre la ciudad, sube hasta el cielo, y Wese, el diligente trabajador nocturno, aún invisible desde esa calle, anunciado sólo por el tintineo de la campanilla, sale de la casa; el pavimento empieza a contar sus pausados pasos.

Pallas se asoma un poco más; no quiere perderse nada. La señora Wese, tranquilizada por la campanilla, cierra su ventana con un ruido chillón. Pero Schmar se arrodilla; como en ese instante sólo tiene cara y manos al descubierto, las aprieta contra las piedras; donde todo se congela, Schmar está al rojo.

En el límite mismo que separa ambas calles se detiene Wese, sólo el bastón se apoya en la calle opuesta. Un capricho. El cielo nocturno lo ha seducido, el azul oscuro y el dorado. Ajeno a todo contempla el cielo, ajeno a todo se alisa el pelo levantando un poco el sombrero; nada se mueve allá arriba para anunciarle el futuro inminente; todo sigue en su absurdo e inescrutable lugar. En principio es muy razonable que Wese siga caminando, pero va directo al cuchillo de Schmar.

«¡Wese!», grita Schmar poniéndose de puntillas con el brazo en alto y bajando violentamente el cuchillo, «¡Wese! ¡En vano te espera Julia!». Y a la derecha en el cuello, y a la izquierda en el cuello, y muy hondo en el vientre clava su arma Schmar. Cuando las rajan, las ratas de agua hacen un ruido semejante al de Wese.

«¡Hecho!», dice Schmar y arroja el cuchillo, ese lastre superfluo y ensangrentado, contra la fachada más próxima. «¡Oh beatitud del crimen! ¡Qué alivio, cómo nos da alas ver manar sangre ajena! Wese, vieja sombra nocturna, amigo, compañero de tabernas, hete aquí rezumando sangre en el oscuro pavimento de la calle. ¿Por qué no eres simplemente una vejiga llena de sangre para poder sentarme encima y hacerte desaparecer por completo? No todo se cumple, no todos los sueños florecen, tus pesados restos yacen aquí, ya indiferentes a cualquier puntapié. ¿De qué sirve la pregunta muda que así formulas?»

Pallas, tragándose todo el veneno revuelto en su cuerpo, aparece entre los dos batientes de la puerta de su casa, que se abre de golpe. «¡Schmar! ¡Schmar! Lo he visto todo, nada se me ha escapado.» Pallas y Schmar se examinan mutuamente. Pallas queda satisfecho, Schmar no sabe qué pensar.

Flanqueada por un gentío, la señora Wese acude a toda prisa con el rostro envejecido por el horror. El abrigo de piel se abre, ella se arroja sobre Wese, el cuerpo envuelto en el camisón le pertenece a él, el abrigo de piel que se cierra sobre la pareja como el césped de una tumba pertenece a la multitud.

Schmar hace esfuerzos por reprimir la última náusea apretando los dientes, con la boca pegada al hombro del policía que se lo lleva a paso ligero.

Un sueño

Josef K. soñó:

Era un día hermoso y K. quería dar un paseo. Pero apenas había dado dos pasos cuando se encontró en el cementerio. Había allí senderos trazados con gran artificio, tortuosos y nada prácticos, pero él se deslizó por uno de ellos como sobre un torrente impetuoso, manteniendo un imperturbable equilibrio. Ya a lo lejos divisó un túmulo recién excavado junto al cual quiso detenerse. Ese túmulo ejercía sobre K. una especie de fascinación y todas las prisas le parecieron pocas para llegar hasta él. Sólo a ratos apenas lograba verlo; se lo ocultaban unas banderas que flameaban y se entrechocaban con gran fuerza; no se veía a los abanderados, pero al parecer reinaba allí un gran júbilo.

Teniendo aún la mirada puesta en la lejanía, vio de pronto el mismo túmulo junto a él, a la vera del camino, ya casi a su espalda. Saltó de inmediato al césped, y como el camino seguía fluyendo vertiginosamente bajo sus pies cuando dio el salto, se tambaleó y cayó de rodillas justo delante del túmulo. Detrás de la tumba, dos hombres sostenían en el aire una losa sepulcral; en cuanto apareció K. lanzaron la losa a tierra, donde quedó como incrustada. Acto seguido salió de entre unos arbustos un tercer hombre, en quien K. reconoció al punto a un artista. Sólo llevaba puestos unos pantalones y una camisa mal abotonada; le cubría la cabeza una gorra de terciopelo, y en la mano tenía un lápiz corriente con el que, mientras se acercaba, iba trazando figuras en el aire.

Con este lápiz inició su trabajo en la parte superior de la lápida; ésta era muy alta y el hombre no tuvo que agacharse, pero sí inclinarse hacia delante, pues el túmulo, que él no quería pisar, lo separaba de la losa. Se puso, pues, de puntillas y se apoyó con la mano izquierda sobre la superficie de la losa. Haciendo una maniobra particularmente hábil logró dibujar letras doradas con su lápiz corriente; escribió: «Aquí yace». Cada letra iba apareciendo nítida y hermosa, grabada muy hondo y con oro puro. Cuando hubo escrito estas dos palabras, se volvió hacia K.; éste, ansioso por ver cómo seguiría el epitafio, apenas se preocupaba del hombre y sólo miraba la losa. Y, de hecho, el hombre se dispuso a seguir escribiendo, mas no pudo, algo se lo impedía, dejó caer el lápiz y se volvió de nuevo hacia K. Entonces K. también miró al artista y advirtió que estaba muy desconcertado, pero no podía decir el motivo. Su anterior vivacidad había desaparecido por completo. K. también se sintió desconcertado; intercambiaron miradas desvalidas; había allí un penoso malentendido que ninguno de los dos podía deshacer. A destiempo empezó a sonar entonces una pequeña campana desde la capilla mortuoria, pero el artista agitó la mano levantada y el tañido cesó. Al poco rato comenzó de nuevo, esta vez muy quedamente e interrumpiéndose enseguida, sin necesidad de que se lo indicaran; fue como si sólo hubiera querido probar su sonido. K. estaba desconsolado por la situación del artista, rompió a llorar y sollozó un buen rato con la cara entre las manos. El artista esperó a que K. se calmara, y luego, al no encontrar otra salida, decidió seguir escribiendo pese a todo. El primer trazo breve que hizo fue un gran alivio para K., aunque por lo visto el artista sólo consiguió hacerlo tras superar una enorme resistencia; la escritura tampoco era ya tan bonita, sobre todo parecía que le faltaba oro, el trazo iba avanzando pálido e incierto, pero la letra le quedó al final muy grande. Era una J, y ya estaba casi terminada cuando el artista, furioso, dio una patada contra el túmulo haciendo volar la tierra alrededor. Y K. lo comprendió por fin; ya no había tiempo para pedirle disculpas; con todos los dedos excavó la tierra, que casi no opuso resistencia; todo parecía preparado; sólo por disimular habían colocado una fina capa de tierra; inmediatamente debajo se abrió un gran hoyo de paredes escarpadas en el que K. se hundió, vuelto de espaldas por una suave corriente. Pero mientras él, abajo, con la cabeza aún erguida sobre la nuca, era acogido ya por la impenetrable profundidad, arriba su nombre se inscribía velozmente en la losa, entre enormes arabescos.

Fascinado por esta visión, se despertó.

Un informe para la academia

Ilustrísimos señores académicos:

Es para mí un honor que me hayan ustedes invitado a presentar a esta academia un informe sobre mi anterior vida de simio.

En este sentido no puedo, por desgracia, atender a su invitación. Casi cinco años me separan de mi existencia simiesca, un período quizá breve si se mide por el calendario, pero infinitamente largo para recorrerlo al galope, como lo he hecho yo, acompañado a trechos por magníficas personas, consejos, aplausos y música orquestal, pero en el fondo solo, pues todo el acompañamiento se mantenía —para seguir con la imagen— lejos de la barrera. Esta proeza habría sido imposible de haber querido yo aferrarme obstinadamente a mis orígenes, a mis recuerdos de juventud. La renuncia a toda obstinación fue justamente el mandamiento supremo que me impuse; yo, mono libre, me sometí a ese yugo. Pero, a cambio, el acceso a los recuerdos se me fue cerrando cada vez más. Al principio, de haberlo querido los hombres, aún habría podido regresar a través del gran portón que forma el cielo sobre la tierra, pero a medida que mi fustigada evolución progresaba, el portón se volvía cada vez más bajo y más estrecho; me fui sintiendo mejor y más anclado en el mundo de los hombres; el vendaval que desde mi pasado soplaba sobre mí se ha ido calmando; hoy es sólo una corriente de aire que me refresca los talones; y ese agujero remoto por el cual ese aire llega y por el que yo mismo llegué un día se ha vuelto tan pequeño que, aunque tuviera la fuerza y la voluntad suficientes para regresar hasta él, me acabaría arrancando la piel del cuerpo al atravesarlo. Hablando con franqueza —y por más que me guste elegir imágenes para estas cosas—, hablando con toda franqueza: su condición simiesca, señores míos, en la medida en que ustedes puedan tener algo semejante en su pasado, no les puede resultar más lejana que a mí la mía. Pese a lo cual cosquillea en el talón a todo el que camina aquí en la tierra: al pequeño chimpancé tanto como al gran Aquiles.

En un sentido muy restringido, sin embargo, quizá pueda responder a su invitación, y lo haré incluso con sumo agrado. Lo primero que aprendí fue a estrechar la mano; el apretón de manos es un signo de franqueza; que a ese primer apretón de manos se sume además, ahora que estoy en el cenit de mi carrera, mi palabra sincera. Nada esencialmente nuevo puede ésta aportar a esta academia, y ha de quedar muy por debajo de lo que de mí se espera y de lo que yo pueda, aun con la mejor voluntad, decir. De todas formas, servirá para mostrar las pautas a partir de las cuales alguien que fue mono penetró en el mundo de los hombres y acabó estableciéndose en él. Sepan, con todo, que no podría contar siquiera las nimiedades que vienen a continuación si no estuviese totalmente seguro de mí mismo, y si mi posición en todos los grandes teatros de variedades del mundo civilizado no se hubiera consolidado hasta hacerse inconmovible.

Provengo de la Costa de Oro. Por lo que respecta a las circunstancias de mi captura, dependo de informes ajenos. Una expedición de caza de la empresa Hagenbeck —con cuyo jefe, por cierto, he vaciado más de una botella de buen vino tinto desde entonces— se hallaba al acecho entre los matorrales de la orilla cuando, un atardecer, bajé al abrevadero en medio de una manada. Dispararon; yo fui el único herido; recibí dos disparos.

Uno en la mejilla; fue leve, pero me dejó una gran cicatriz roja y sin pelos que me ha valido el repelente nombre de Rotpeter, totalmente inapropiado y que se diría inventado por un mono, como si sólo por la mancha roja en la mejilla me distinguiera yo de aquel mono amaestrado llamado Peter, que sucumbió hace poco y era más o menos conocido. Todo esto sea dicho de paso.

El segundo disparo me alcanzó debajo de la cadera. Fue grave, y es el culpable de que aún cojee un poco. Recientemente leí un artículo de uno de esos diez mil mentecatos que se explayan sobre mí en los periódicos: mi naturaleza simiesca, decía, aún no ha sido reprimida del todo; la prueba de ello es que, cuando recibo visitas, me quito muy a gusto los pantalones para mostrar el sitio por donde entró la bala. Al tipo ese deberían arrancarle a tiros, y uno por uno, los deditos de la mano con la que escribe. Yo puedo quitarme los pantalones delante de quien me dé la gana; no encontrarán allí sino un pelaje bien cuidado y la cicatriz producto de un —elijamos aquí la palabra adecuada para el fin adecuado, sin que dé lugar a malentendidos—... la cicatriz producto de un disparo infamante. Todo es claro y evidente; no hay nada que ocultar; cuando se trata de la verdad, cualquier espíritu noble deja de lado los modales más refinados. Si, en cambio, fuera el escritorzuelo ese el que se quitara los pantalones al recibir visitas, la cosa sería muy distinta, y quiero considerar como un signo de sensatez el que no lo haga. ¡Pero que él también me deje en paz con sus remilgos!

Después de esos disparos me desperté —y aquí empiezan poco a poco mis propios recuerdos— en una jaula, en el entrepuente del vapor de la empresa Hagenbeck. No era una jaula con rejas a los cuatro costados; más bien eran sólo tres rejas sujetas a un cajón, que formaba la cuarta pared. El conjunto era demasiado bajo para estar de pie, y demasiado estrecho para sentarse. De ahí que me estuviera acuclillado, con las rodillas dobladas y siempre temblorosas; y como al principio probablemente no quería ver a nadie y sólo me apetecía estar en la oscuridad, me instalé mirando al cajón, mientras, por detrás, los barrotes se me incrustaban en la carne. Se considera ventajosa esa forma de encerrar a los animales salvajes en la fase inicial de su cautiverio, y hoy, después de mi experiencia, no puedo negar que desde una perspectiva humana esto es, efectivamente, cierto.

Pero entonces no pensaba así. Por vez primera en mi vida me hallaba en una situación sin salida, o al menos no veía ninguna frente a mí; frente a mí tenía el cajón con sus tablas firmemente ensambladas. Cierto es que entre las tablas había una rendija que lo atravesaba de un extremo a otro y que yo saludé, nada más descubrirla, con el feliz aullido de la insensatez; pero esa rendija no bastaba ni de lejos para pasar por ella la cola, y ni con toda mi fuerza de mono me fue posible ensancharla.

Debí de haber sido insólitamente silencioso, según me dijeron más tarde, de lo cual dedujeron que, o bien me moriría muy pronto, o bien, en caso de que lograra sobrevivir al primer período crítico, sería muy fácil de amaestrar. Sobreviví a aquel período. Sollozar en sordina, buscar penosamente pulgas, lamer cansinamente un coco, golpetear la pared del cajón con la cabeza y sacar la lengua cuando alguien se me acercaba: tales fueron las primeras ocupaciones de mi nueva vida. En todas ellas, sin embargo, una única sensación: no hay salida. Claro que hoy sólo puedo reproducir con palabras humanas lo que entonces sentía como mono y, por consiguiente, lo estoy tergiversando, pero aunque ya no pueda recuperar la antigua verdad simiesca, ésta se sitúa al menos en la dirección de mi relato, no cabe la menor duda.

Había tenido muchas salidas hasta entonces y de pronto no tenía ni una sola. Estaba atascado. Si me hubieran clavado, mi libertad de movimiento no se habría visto mermada por ello. ¿Y eso por qué? Por mucho que te rasques la piel entre los dedos de los pies hasta sangrar, no encontrarás el motivo. Aprieta la espalda contra los barrotes de la jaula hasta que se te parta casi en dos: no encontrarás el motivo. No tenía salida, pero debía conseguirme una, pues sin ella no podía vivir. Todo el tiempo pegado a la pared de ese cajón... Habría reventado irremisiblemente. Pero los monos de Hagenbeck han de estar pegados a la pared del cajón... y fue así como dejé de ser mono. Un razonamiento claro y hermoso, que en cierto modo debí de tramar con la barriga, pues los monos piensan con la barriga.

Temo que no se comprenda exactamente lo que yo entiendo por salida. Utilizo la palabra en su acepción más llana y corriente. A propósito evito hablar de libertad. No me refiero a esa gran sensación de libertad hacia todos lados. Como mono quizá la conociera, y he conocido seres humanos que la deseaban ardientemente. En lo que a mí respecta, sin embargo, no he exigido libertad ni entonces ni ahora. A propósito: los hombres se engañan muy a menudo con la libertad. Y así como ésta se cuenta entre los sentimientos más sublimes, el engaño correspondiente también figura entre los más sublimes. Antes de salir a escena, en los teatros de variedades, he visto muchas veces a alguna pareja de artistas ejercitarse arriba, junto al techo, en los trapecios. Se lanzaban al aire, se balanceaban, saltaban, volaban uno a los brazos del otro, o uno de ellos sujetaba al otro por el pelo con los dientes. «¡Esto también es libertad humana!», pensaba yo, «movimiento libre y soberano». ¡Oh escarnio de la sacrosanta naturaleza! Ningún edificio aguantaría en pie las carcajadas de los simios ante semejante visión.

No, no quería libertad. Solamente una salida; a la derecha, a la izquierda, a cualquier lado; no planteaba otras exigencias; aunque la salida solo fuera una ilusión; la exigencia era pequeña, la ilusión no había de ser mucho mayor. ¡Avanzar, avanzar! ¡Nada de quedarse inmóvil con los brazos en alto, pegado a la pared de un cajón!

Hoy lo veo claro: sin esa gran calma interior jamás habría logrado evadirme. Y, de hecho, quizá deba todo cuanto he llegado a ser a la calma que se apoderó de mí tras esos primeros días allí, en el barco. Aunque esa calma se la debía, a su vez, a la gente del barco.

Eran buenas personas, pese a todo. Aún hoy recuerdo con agrado el sonido de sus pesados pasos, que entonces resonaban en mi duermevela. Tenían la costumbre de emprenderlo todo con una lentitud extrema. Si alguno quería frotarse los ojos, levantaba la mano como una pesa. Sus bromas eran soeces, pero entrañables. En sus risas se mezclaba siempre una tos que, si bien sonaba peligrosa, no significaba nada. Siempre tenían en la boca algo que escupir y les era indiferente hacia dónde escupían. Todo el tiempo se quejaban de que mis pulgas les saltaban encima, aunque nunca llegaron a enfadarse seriamente conmigo por eso; sabían muy bien que las pulgas medraban en mi pelaje y que son saltarinas, y eso les bastaba. A veces unos cuantos se sentaban en semicírculo a mi alrededor, cuando no estaban de servicio; casi no hablaban, sino que se arrullaban unos a otros; fumaban sus pipas tumbados sobre los cajones; al menor movimiento mío se daban una palmada en las rodillas, y de vez en cuando alguno cogía una varita y me hacía cosquillas donde me gustaba. Si hoy en día me invitaran a hacer un viaje en aquel barco, seguro que rechazaría la invitación; pero no es menos cierto que no son sólo recuerdos desagradables los que podría evocar del tiempo que pasé allí en el entrepuente.

La calma que me procuró la compañía de esa gente me hizo descartar, ante todo, cualquier intento de fuga. Desde mi perspectiva actual creo haber barruntado, como mínimo, la necesidad de encontrar una salida si quería seguir viviendo, pero también el hecho de que esa salida no la encontraría en la fuga. No sabría decir si la fuga era posible, aunque creo que sí; para un mono debería ser siempre posible evadirse. Con mis dientes actuales he de tener cuidado hasta para cascar una simple nuez, pero entonces seguro que habría logrado, con el tiempo, abrir a mordiscos la cerradura de la jaula. No lo hice. ¿Qué habría ganado con ello? Nada más asomar la cabeza me habrían vuelto a capturar para encerrarme en una jaula todavía peor; o bien hubiera podido refugiarme sin ser visto donde otros animales, por ejemplo donde las boas gigantes que tenía enfrente, y exhalar el último suspiro abrazado por ellas; o bien, después de haber logrado deslizarme hasta cubierta y saltar por la borda, me habría mecido un ratito en el océano y me habría ahogado. Actos desesperados. No calculaba de manera tan humana, pero bajo el influjo de mi entorno me comportaba como si fuera así.

No calculaba, pero sí observaba con toda calma. Veía a esos hombres ir de un lado para otro, siempre las mismas caras, los mismos movimientos, a menudo me parecían ser uno solo. Ese hombre o esos hombres se movían, pues, sin ser molestados. Un gran objetivo se abrió paso dentro de mí. Nadie me prometió que si me volvía como ellos se alzaría la reja. No se hacen promesas a cambio de cosas que, al parecer, son imposibles de cumplir. Pero si llegan a cumplirse, las promesas surgen justamente allí donde antes las habíamos buscado en vano. Ahora bien, esos hombres no tenían en sí nada que me atrajera particularmente. De haber sido partidario de esa libertad a la que me he referido, seguro que habría preferido el océano a la salida que se me ofrecía en la turbia mirada de aquellos hombres. En cualquier caso, hacía ya tiempo que venía observándolos, aun antes de pensar en esas cosas, y sólo las observaciones acumuladas acabaron impulsándome en la dirección que adopté.

¡Era tan fácil imitarlos! A escupir aprendí ya en los primeros días. Luego empezamos a escupirnos a la cara unos a otros; la única diferencia era que después yo me la lamía hasta dejarla limpia, y ellos no. Pronto comencé a fumar en pipa como un viejo; y si alguna vez metía el pulgar en la cazoleta, todo el entrepuente estallaba en gritos de júbilo; eso sí, durante mucho tiempo no entendí qué diferencia había entre una pipa vacía y una llena.

Lo más dificultoso fue para mí la botella de aguardiente. El olor me repugnaba; hacía todos los esfuerzos posibles, pero pasaron semanas antes de que lograra vencer mi asco. Curiosamente, ellos se tomaban esas resistencias internas más en serio que cualquier otra cosa en mí. Ya no distingo a aquella gente en mi recuerdo, pero había uno que venía una y otra vez, solo o con amigos, de día, de noche, a las horas más diversas; se instalaba delante de mí con la botella y me daba lecciones. No me comprendía, quería descifrar el enigma de mi existencia. Descorchaba poco a poco la botella y luego me miraba para verificar si había comprendido; confieso que lo observaba siempre con una atención fogosa y precipitada; ningún maestro de hombres encontrará en toda la redondez de la Tierra un aprendiz de hombre semejante; una vez descorchada la botella, se la llevaba a la boca; yo la sigo con mi mirada; él asiente satisfecho, y la posa sobre los labios; yo, fascinado con mi comprensión gradual, empiezo a rascarme aquí y allá a lo largo y ancho, chillando; él se alegra, se pega el cuello de la botella a la boca y bebe un trago; yo, impaciente y desesperado por imitarlo, me ensucio en mi jaula, lo que vuelve a causarle una gran satisfacción; y entonces, alejando de sí la botella y elevándola otra vez con gesto enfático, la vacía de un trago inclinándose hacia atrás en un ademán exageradamente didáctico. Yo, extenuado por la intensidad de mi deseo, ya no puedo seguirlo y me cuelgo débilmente de los barrotes, mientras él concluye la clase teórica frotándose la barriga y sonriendo con malicia.

Sólo entonces empieza la clase práctica. ¿Acaso no estoy ya demasiado exhausto por la teoría? Pues sí, demasiado exhausto. Es parte de mi destino. Pese a ello aferro como mejor puedo la botella que me tienden; la descorcho temblando; el éxito me infunde poco a poco nuevas fuerzas; levanto la botella, casi no se me distingue ya de mi modelo; me la pego a la boca y... y la tiro con asco, sí, con asco; aunque está vacía y sólo guarda el olor, la tiro al suelo con asco, para gran pesar de mi maestro y para mayor pesar mío. El que después de tirar la botella no olvide frotarme la barriga como es debido y sonreír con malicia no me reconcilia con él ni conmigo mismo.

Muy a menudo transcurría así la clase. Y en honor a mi maestro he de decir que nunca se enfadaba conmigo; cierto es que a veces me acercaba la pipa encendida al pelaje hasta que empezaba a chamuscármelo en algún punto al que yo llegaba solo con dificultad, pero él mismo lo apagaba luego con su mano gigantesca y bondadosa; no se enfadaba conmigo, era consciente de que ambos luchábamos desde el mismo bando contra la naturaleza simiesca y de que yo llevaba la peor parte.

Sea como fuere, qué triunfo tanto para él como para mí cuando una noche, en presencia de un gran círculo de espectadores —tal vez fuera una fiesta, sonaba un gramófono, un oficial se paseaba entre los tripulantes—, cuando esa noche cogí, sin que se dieran cuenta, una botella de aguardiente que alguien había dejado por descuido delante de mi jaula, la descorché como es debido ante la creciente atención del público, me la llevé a la boca y, sin titubear ni hacer muecas, como un bebedor experto, haciendo girar los ojos, palpitante el gaznate, la vacié hasta la última gota; ya no como un desesperado, sino como un artista tiré luego la botella; cierto es que se me olvidó frotarme la barriga, pero, en cambio, dado que no podía evitarlo, dado que algo me impulsaba a hacerlo, dada la embriaguez que aturdía mis sentidos, exclamé sin más ni más: «¡Hola!», emitiendo sonidos humanos y penetrando de un salto en la comunidad de los hombres, al tiempo que sentía su eco —«¡Escuchad! ¡Habla!»— como un beso por todo mi cuerpo empapado en sudor.

Repito: no me atraía la idea de imitar a los hombres; los imitaba porque buscaba una salida, por ninguna otra razón. Tampoco es que consiguiera mucho con aquel triunfo. La voz volvió a fallarme enseguida; no la recuperé sino al cabo de unos meses; la aversión hacia la botella de aguardiente se intensificó más todavía. Pero mi dirección me había sido dada de una vez para siempre.

Cuando, en Hamburgo, fui entregado a mi primer amaestrador, no tardé en advertir las dos posibilidades que se me abrían: el parque zoológico o el teatro de variedades. No lo dudé. Me dije: «Intenta con todas tus fuerzas entrar en el teatro de variedades; ésa es la salida; el parque zoológico es sólo una nueva jaula enrejada; si entras allí, estás perdido».

Y aprendí, caballeros. ¡Ah!, cuando hay que aprender, se aprende; uno aprende cuando quiere hallar una salida, y aprende sin miramientos. Uno mismo se vigila con el látigo, desgarrándose a la menor resistencia. Mi naturaleza simiesca se precipitó rodando y huyendo con furia fuera de mí, de suerte que mi primer maestro estuvo a punto de volverse él mismo simiesco y tuvo que abandonar muy pronto las clases para ser internado en un manicomio. Por suerte volvió a salir poco después.

Consumí, no obstante, a muchos maestros, incluso a varios al mismo tiempo. Cuando me sentí más seguro de mis capacidades, cuando la opinión pública ya seguía mis progresos y mi futuro empezó a resplandecer, yo mismo recibía a mis maestros, los hacía sentar en cinco habitaciones contiguas y aprendía con todos a la vez, saltando continuamente de una habitación a otra.

¡Qué progresos! ¡Esa irrupción concurrente de los rayos del saber en el cerebro que despierta! No lo niego: aquello me hacía feliz. Pero confieso asimismo que tampoco lo sobreestimaba, ni entonces ni, menos aún, ahora. Gracias a un esfuerzo que hasta ahora no se ha repetido en el mundo, he llegado a adquirir el grado de cultura media de un europeo. Esto quizá no sea nada en sí mismo, pero es algo en la medida en que me ayudó a salir de la jaula y me proporcionó esta salida peculiar, esta salida humana. Existe en nuestra lengua una expresión excelente: irse a leva y a monte; eso es lo que he hecho, me he ido a leva y a monte. No tenía otra salida, partiendo siempre del supuesto de que no era posible elegir la libertad.

Si echo una ojeada retrospectiva a mi evolución y a lo que ha sido su objetivo hasta ahora, no me quejo ni me declaro satisfecho. Las manos en los bolsillos del pantalón, la botella de vino sobre la mesa, estoy entre tumbado y sentado en una mecedora y miro por la ventana. Si viene una visita, la recibo como es debido. Mi empresario está en el recibidor; cuando toco el timbre, viene y escucha lo que tengo que decirle. Por la noche casi siempre hay función, y mis éxitos son difícilmente superables. Cuando vuelvo a casa a una hora avanzada, después de un banquete, de una reunión científica o de alguna agradable tertulia, me espera una pequeña chimpancé semiamaestrada con la que paso un rato entrañable a la usanza simiesca. De día no quiero verla, pues tiene en la mirada esa locura propia del animal confuso y amaestrado; yo soy el único que me doy cuenta y no puedo soportarlo.

En general puedo decir que he conseguido lo que quería conseguir. Y no se diga que no ha valido la pena. Además, no quiero ningún juicio humano, sólo quiero difundir conocimientos y me limito a informar; también a ustedes, ilustrísimos señores académicos, me he limitado a informarles.